QUI ES-TU
PAPA ?

Catalogage avant publication de Bibliothèque et Archives nationales du Québec
et Bibliothèque et Archives Canada

Stratton, Allan

    [Borderline. Français]

    Qui es-tu papa?

    Traduction de: Borderline.

    ISBN 978-2-89579-466-0

    I. Dries, Sidonie Van den. II. Titre. III. Titre: Borderline. Français.

PS8587.T723B614 2012   C813'.54   C2012-940169-2
PS9587.T723B614 2012

Dépôt légal – Bibliothèque et Archives nationales du Québec, 2012
Bibliothèque et Archives Canada, 2012

Titre original: *Borderline*, publié par HarperCollins Children's Books,
une division de HarperCollins.
Texte © 2010, Allan Stratton
Dédicace de Allan Stratton: *Pour Faizal, Laila et Azeem*

Traduction française:
© 2012, Bayard Éditions
18, rue Barbès, 92128 Montrouge Cedex
ISBN: 978-2-7470-3402-9
Dépôt légal: février 2012

Version française canadienne:
Adaptation du texte: Pierre Guénette
Adaptation de la mise en pages et de la couverture: Danielle Dugal

© Bayard Canada Livres inc. 2012

Nous reconnaissons l'aide financière du gouvernement du Canada par l'entremise du Fonds
du livre du Canada (FLC) pour des activités de développement de notre entreprise.

**Conseil des Arts
du Canada**   **Canada Council
for the Arts**

Bayard Canada Livres inc. remercie le Conseil des Arts du Canada du soutien accordé à son
programme d'édition dans le cadre du Programme des subventions globales aux éditeurs.

Bayard Canada Livres
4475, rue Frontenac, Montréal (Québec) H2H 2S2
Téléphone: 514 844-2111 ou 1 866 844-2111
edition@bayardcanada.com
bayardlivres.ca

Imprimé au Canada

QUI ES-TU PAPA ?

Allan Stratton

Traduit de l'anglais (Canada) par Sidonie Van den Dries

Bayard
CANADA

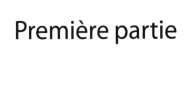

Première partie

1

Je suis chez les voisins, chez Andy. On joue à marquer des paniers dans l'allée, avec Marty et lui. Les grandes vacances se terminent ce week-end et on ne s'est quasiment pas vus de l'été. Andy a passé tout le mois de juillet en cours de rattrapage pour combler ses lacunes en maths. Début août, il est parti avec ses parents dans leur chalet, dans la partie canadienne des Mille-Îles. Marty les a accompagnés. Ils ne sont rentrés qu'hier.

Andy m'avait invité aussi, sauf que papa a refusé de me laisser partir. Les autres fois, il m'avait donné son autorisation; mais cet été, quand il a appris que M. et Mme Johnson ne seraient pas avec nous 24 heures sur 24, il a mis son veto. «Tu es trop jeune pour prendre ce genre de responsabilités», a-t-il prétexté.

– Quelles responsabilités? On va nager, pêcher… Papa, s'il te plaît! Je vais avoir seize ans.

— Non, c'est non. Ne discute pas.

Et voilà. C'est totalement injuste. Je ne me drogue pas. Je ne bois pas une goutte d'alcool. Et cette histoire lamentable avec Mary Louise Prescott remonte à plus d'un an.

Je crois que le pire, ça a été de regarder les vidéos qu'Andy et Marty m'ont envoyées par courriel. Je les voyais randonner, nager, se faire dorer la couenne et faire des bombes depuis le ponton des Johnson. Les parents d'Andy les ont même laissés sortir seuls avec le bateau. «Et toi, Sammy, qu'est-ce que tu fabriques?» me demandaient-ils, hilares, par webcam interposée.

Enfin, ils sont revenus à Meadowvale et tout va bien.

Sauf que ça risque de ne pas durer. Papa vient de sortir sous la véranda. Il a fait une chaleur infernale aujourd'hui, mais, visiblement, personne ne l'a prévenu. Bien qu'il soit rentré à la maison depuis un bon moment et qu'il ait déjà soupé, on croirait qu'il est encore au labo, occupé à superviser son équipe de chercheurs de microbes. Il a retiré sa veste, mais gardé tout le reste : cravate en soie, chemise guindée, boutons de manchette en nacre et pantalon de flanelle.

Je me raidis en le voyant s'accouder à la balustrade. Jusque-là, je jouais comme un dieu. Depuis qu'il nous observe, je suis nul.

— Presque ! s'exclame papa, tandis que pour la troisième fois consécutive, mon tir rebondit sur le panneau.

Je récupère le ballon de basket avant qu'il roule dans la rue. Je le passe à Andy et fixe mon père d'un air excédé.

— Tu voulais quelque chose?

— Ta mère et moi aimerions te voir un moment.

Traduction: «C'est l'heure des prières.»

Il y a quelques années, maman a convaincu papa de m'appeler pour la prière en langage codé. L'idée étant de ne pas me faire honte devant les copains. Mais Andy et Marty connaissent la ruse.

— Là, tout de suite?

— Non, pas forcément. Disons… dans cinq minutes.

Papa nous décoche son faux sourire, un rictus figé.

— Désolé d'interrompre votre match.

«Vas-y, papa. Rentre, s'il te plaît.»

Par la seule force de ma pensée, je projette dans sa direction un rayon imaginaire pour le faire disparaître dans l'hyperespace, au moins jusqu'à demain. Mais il reste là, à flotter comme un pet nauséabond.

— Vous avez grandi cet été, les garçons! lâche-t-il sans crier gare.

Papa nous sort ce genre de phrase débile quasiment chaque fois qu'il nous voit ensemble. Il fait semblant de s'intéresser. En fait, s'il s'intéressait vraiment, il saurait qu'Andy mesure un mètre quatre-vingt-dix depuis la 3ᵉ secondaire ; les gars le surnomment « Échasses ». Quant à Marty, il ne grandit pas ; il grossit seulement. Les frites, le Coke, les chips. S'il continue comme ça, il va devenir comme ses parents.

Papa attend que l'un de nous meuble le silence. Comme on se tait, il dodeline de la tête, telle une mascotte de tableau de bord, nous fait un petit signe de main coincé, et enfin – enfin ! – il rentre dans la maison.

Nous jouons encore un peu, mais ce n'est plus pareil.

Peu après, papa toque à la fenêtre du séjour. Quand il était gamin, il a fui l'Iran à cause de la police secrète. On pourrait s'attendre à ce qu'il soit sensible aux questions de liberté. Tu parles ! Je n'ai même pas le droit de faire un match de basket tranquille avec mes copains.

– À plus, dis-je aux gars.

Je retire mes chaussures et mes chaussettes dans l'entrée, puis je vais me laver les mains, la figure et les pieds dans la salle de bains du couloir avant de rejoindre mes parents au salon. Je pensais les trouver debout devant leur tapis de prière, en train de m'attendre. Surprise : ils sont assis sur le canapé d'angle en cuir et mangent tranquillement du raisin. Les tapis sont roulés sur l'étagère, sous la télé à écran plat. Le hijab en soie verte de maman est plié dessus ; elle ne le porte qu'à la mosquée et pendant les prières – heureusement.

– Qu'est-ce qu'il y a ?

Maman regarde le plafond, signe qu'elle s'apprête à annoncer une bonne nouvelle. Papa tapote le coussin près de lui et déclare :

— Quand je te demande de venir, ce n'est pas forcément pour les prières.

Il lit dans mes pensées. Ça m'énerve. Sait-il aussi ce que je raconte à Marty et Andy ?

Je m'assieds au bord du canapé, je prends une serviette en papier derrière le saladier à fruits et je la tortille entre mes doigts.

— Tu veux lui dire ? propose papa.

— Non, non ! Vas-y, c'est ton idée, répond maman.

Elle adore lui donner le beau rôle.

Mon père frotte son alliance avec son pouce.

— Fin septembre, j'ai quatre jours de conférence sur la sécurité à Toronto. J'anime un séminaire le vendredi après-midi, et on doit me faire visiter un nouveau labo de 4e catégorie le lundi matin. Mais je peux sécher les colloques du week-end…

Il regarde maman comme s'il attendait qu'elle lui souffle la suite. Elle vole à son secours.

— Ton père a repéré l'équipe de hockey de Toronto…

— Les Leafs, enchaîne-t-il. Ils jouent contre les Islanders de New York le vendredi soir. Il y a aussi du baseball : les Jays ont deux matches le samedi contre Boston.

Il reprend son souffle pour ajouter :

— Je pourrais nous avoir des places par l'organisateur de la conférence.

Je me penche en avant.

— « Nous ». Tu pourrais *nous* avoir des places ?

Maman agite une main en l'air.

— Pas moi. Juste toi et ton père. Il faudrait me traîner pour que j'aille voir un match.

Je souris. Quand il y a du sport à la télé, même des matches de finale, maman nous laisse entre hommes. Elle se fait couler un bain moussant ou se blottit dans un coin avec un bouquin, comme un écureuil. La seule exception, c'est le golf : elle est capable de regarder ces âneries pendant des heures. Va comprendre.

— On décollerait de Rochester le vendredi matin de bonne heure et on reviendrait lundi en fin d'après-midi, *inch'Allah*. Tu manquerais deux jours d'école, mais je suis sûr que je pourrai arranger ça avec l'Académie.

Manquer deux jours d'école ? Papa a subi une greffe de cerveau, ou quoi ?

— On n'a rien fait ensemble depuis longtemps, continue-t-il. Je me suis dit que ce serait agréable de passer un week-end en tête-à-tête, père et fils. Enfin, si ça te tente…

Si ça me tente ? Ouais, évidemment : sécher deux jours d'école pour aller voir des matches de baseball et

de hockey, c'est le *fun*. C'est juste l'option « père-fils »
qui m'inquiète. C'est déjà flippant quand papa et moi
regardons la télé ensemble. On s'installe chacun à un
bout du canapé ; il y a une frontière invisible entre nous :
on est comme deux pays étrangers qui ne communiquent
pas, qui ne parlent même pas la même langue. Pendant
les publicités, au moment où on pourrait échanger des
commentaires, l'un de nous se lève pour pisser, ou pour
aller se chercher un truc à grignoter. Alors, tout un week-
end, du vendredi au lundi, en tête-à-tête... Au secours !

Papa me voit hésiter.

— Bien sûr, tu as peut-être prévu quelque chose avec
tes copains...

— Peut-être. Je ne sais pas. Ils viennent juste de rentrer.

Il inspire à fond.

— Je comprends.

Maman me lance un regard de reproche : « Ton père
fait des efforts. »

Je suis nul, et je m'en veux. Mais c'est plus fort que moi.
Avant l'affaire Mary Louise Prescott, on avait une relation
normale, papa et moi. Il pouvait être drôle, à ses heures.
Il me taquinait, on riait ensemble... Même quand j'avais
dérapé, il y avait toujours moyen de s'expliquer. J'étais autre
chose pour lui qu'un simple sujet de déception.

Papa fixe les portes du patio, embarrassé. Notre jardin donne sur le club de golf de Meadowvale. Dehors,

le soleil va bientôt disparaître derrière les érables qui bordent la 14ᵉ allée[1].

— C'est l'heure des prières, dit-il doucement.

Il a les épaules voûtées. La culpabilité m'envahit.

— Papa. Pour ce week-end… Si je disais oui ?

Il me regarde, étonné, comme s'il craignait d'avoir mal entendu.

— Tu as envie de venir ?

Je hoche la tête.

— Ouais. Je pense. Je peux faire des trucs avec Andy et Marty n'importe quand.

Un sourire illumine ses traits. Sa poitrine enfle. Il décrispe les doigts.

Au secours ! Il va me prendre dans ses bras ! Est-ce que je suis censé lui rendre son étreinte ?

Heureusement, papa est aussi empoté que moi. Il se racle la gorge, frappe dans ses mains et va chercher les tapis de prière.

Ouf ! C'était minuit moins une !

---

1. Partie du terrain de golf.

2

Après les prières, Andy nous emmène chez Mister Softee[1] dans sa « Deathmobile », alias la vieille Toyota Camry de sa mère. On l'a surnommée l'« auto de la mort » à cause de tous les accidents qu'elle a eus. Mme Johnson confond les stationnements avec les voies express, et elle n'est pas douée pour les virages. Andy a hérité de la bagnole à l'automne dernier, quand il a passé l'examen théorique. Depuis cet été, il a son permis. Il est libre comme l'air et par conséquent nous aussi.

On mange nos cornets de crème glacée adossés au capot. Je parle de mon voyage avec papa. Les gars sont jaloux à cause des matches et me cuisinent pour connaître tous les détails de la conversation.

---

1. Une chaîne de glaciers.

Andy ironise :

— Ton père allait te faire un câlin. Il n'a pas eu peur de salir sa chemise ?

— Je savais que je n'aurais pas dû vous en parler.

Marty éclate de rire.

— Tu aurais pu récupérer des spores de son labo. Tu te serais mis à briller dans le noir.

— Très drôle, Marty… Hyper original, en plus !

Après avoir jeté nos emballages dans la poubelle, on entre dans le petit parc du quartier, de l'autre côté de la rue. On s'installe sur la margelle de la fontaine, les pieds dans l'eau. Ça nous rafraîchit.

Andy et Marty sont mes meilleurs amis depuis la 4e année du primaire. Avant de les connaître, je n'avais pas de copains. Point final. Comme notre mosquée est à Rochester, à une demi-heure de route, je n'ai jamais eu la possibilité de jouer avec les autres enfants de ma madrasa[1] du samedi matin. Et je n'avais pas franchement réussi à me tailler une place à l'école du quartier. Une petite bande de gamins s'amusait à me montrer du doigt en imitant des bruits d'explosions. À la récréation, je restais en classe et je faisais semblant de dormir. Les profs ne disaient rien.

Tout a changé quand Andy est arrivé. J'avais neuf ans, c'était un samedi. Allongé à plat ventre sur le trottoir

1. École musulmane.

devant chez nous, j'observais une fourmilière, quand un camion de déménagement s'est arrêté devant la maison voisine. Des gars ont déchargé des boîtes en carton et des meubles. J'ai entendu une femme crier : « D'accord, mais ne va pas trop loin. » Un gamin maigrichon vêtu d'un t-shirt Bart Simpson s'est précipité dans le jardin comme s'il avait le feu aux trousses.

Maigrichon a disparu en un éclair. J'ai cru qu'il avait décollé pour Mars et j'ai recommencé à observer les fourmis, qui tractaient une tête de sauterelle. Soudain, une paire de baskets s'est matérialisée sous mon nez. J'ai levé les yeux. C'était Maigrichon, en compagnie d'un garçon joufflu qui habitait plus haut dans la rue et qui était dans une autre classe de 4e année du primaire.

— Je m'appelle Andy. Je viens d'emménager, m'a dit Maigrichon. Alors, d'après toi, qui va gagner les séries mondiales de baseball ?

Je me suis gratté le nez.

— Comment je le saurais ?

Le garçon joufflu a ricané. Andy a souri de toutes ses dents :

— Marty dit que tu t'appelles Mohammed. C'est le nom du prophète, non ? Si tu es un prophète, tu dois savoir qui va gagner les séries.

J'ai regardé Andy, puis Marty. Plusieurs fois :

— Hein ?

— C'est une blague, a soupiré Andy. Tu t'appelles vraiment Mohammed ?

— Ouais. Et toi, tu t'appelles vraiment Andy ?

Marty m'a fixé comme si j'étais un demeuré. Mais Andy a ri. Du coup, Marty l'a imité.

Andy m'a tendu une main pour m'aider à me relever.

— Tu vois la clôture, au fond de ton jardin ? a-t-il chuchoté.

Il a jeté un coup d'œil furtif par-dessus son épaule.

— Il y a un trou dans le grillage, en bas, derrière les buissons. Avec Marty, on va passer par là pour aller sur le terrain de golf. Tu viens ?

Je savais que j'aurais dû demander l'autorisation à maman, mais je ne voulais pas avoir l'air d'un bébé. En plus, mes parents étaient inscrits au club de golf et ils n'arrêtaient pas de se plaindre que des gamins allaient jouer sur le *green*. Si j'avais demandé, elle aurait forcément refusé. Je serais passé pour un mouchard en plus d'une mauviette, et je ne me serais jamais fait d'amis.

Je me suis gratté le bas du dos.

— D'accord.

Andy a vérifié si la voie était libre. À son signal, on s'est faufilés sur le terrain et on a couru d'arbre en arbre, puis rampé dans l'herbe jusqu'au dixième trou. À cet endroit, le terrain était en pente ; les joueurs ne pouvaient pas nous voir depuis l'aire de départ.

— Si on piquait les balles des golfeurs ? a proposé Andy. On pourrait les balancer dans les hautes herbes et voir la tête qu'ils font.

Idée calamiteuse. Mme Bennett, debout dans sa voiturette, regardait jouer M. Bennett avec ses jumelles. Je n'aurais jamais cru qu'une personne âgée puisse crier aussi fort. Résultat, on a dû filer comme des dératés, coursés par des voiturettes qui arrivaient de partout. Une heure plus tard, mes parents ont reçu un coup de fil du directeur du club de golf. Comme j'étais le seul gamin à avoir un look d'Iranien, je m'étais plus ou moins fait repérer.

— Je n'ai pas touché à une seule balle, me suis-je défendu. J'en ai juste ramassé deux ou trois pour voir quelles marques allaient le plus loin.

— Tu penses qu'on va te croire ? a grondé mon père. Avec qui étais-tu ?

— Personne. J'ai cru que j'avais le droit d'y aller, comme on a une carte de membre…

Papa s'est frappé le front.

— Des mensonges et encore des mensonges !

Il s'est lancé dans une diatribe, comme quoi maman et lui étaient venus vivre à Meadowvale avant ma naissance, quand ce parc immobilier avait été construit ; qu'ils avaient dû menacer le promoteur de lui faire un procès pour qu'il accepte de leur vendre le terrain ; mais que nous avions enfin réussi à trouver notre place dans le quartier.

— Je suis au comité d'aménagement du club ! Ta mère organise le tournoi des dames !

Et voilà que leur fils, ce délinquant juvénile, ruinait tous leurs efforts…

— Mais je n'ai rien fait !

J'ai adressé à maman un regard de Bambi. Elle m'a pris dans ses bras.

— Mohammed est un bon garçon. S'il dit qu'il n'a rien fait, c'est vrai.

Je me suis senti vraiment minable. C'était la première fois que je faisais une bêtise, pour autant que je m'en souvienne. Une chose est sûre, je n'avais jamais menti pour dissimuler un forfait. Surtout pas à maman.

Pourtant, cette nuit-là, blotti sous mes couvertures, je me suis rappelé à quel point je m'étais amusé à me faufiler entre les arbres et les buissons avec Andy et Marty, à faire semblant d'être un espion. Même si cela risquait de m'attirer de nouveaux ennuis, j'étais impatient de les revoir.

Je n'ai pas eu à attendre longtemps. Le lendemain matin, j'étais de nouveau penché sur ma fourmilière, quand Marty a fait déraper sa bicyclette devant chez Andy. Je l'ai salué d'un geste ; il a vaguement hoché la tête, comme s'il ne me connaissait pas.

Heureusement, une seconde plus tard, Andy a déboulé et tout s'est arrangé.

— Salut, Prophète !

— Salut, Prophète, a répété Marty.

Ils m'ont rejoint en courant, Andy en tête. J'ai bondi sur mes pieds.

— Marty propose de me faire faire le tour du quartier à vélo, a dit Andy en me donnant un coup de poing amical à l'épaule. Tu viens ?

— Ouais. Il faut juste que je demande…

Papa sortait justement du garage, l'air furieux. J'ai fait les présentations du bout des lèvres :

— C'est mon père… Papa, je te présente mes nouveaux amis, Andy et Marty. Andy vient d'emménager à côté.

Il a hoché la tête.

— Bienvenue.

— Je peux aller faire un petit tour à vélo avec eux ?

— Ta mère et moi avons besoin de toi à la maison, a-t-il répliqué.

Sur ces mots, il a frappé dans ses mains. Je suis rentré, humilié. Il m'a fait asseoir à la table de la cuisine. Maman, debout devant l'évier, l'a laissé m'interroger :

— Pourquoi ces garçons t'ont appelé « Prophète » ?

J'ai commencé à jouer avec les franges de la nappe.

— Je ne sais pas.

— Les mains sur la table ! m'a ordonné papa.

J'ai posé les mains sur le napperon et frotté mes doigts contre le coton rugueux.

— Je t'ai posé une question. Pourquoi t'ont-ils appelé « Prophète » ?

— Tu sais très bien pourquoi, ai-je marmonné.

— Je le sais, mais je veux que tu me le dises.

J'ai fermé les yeux.

— C'est à cause de mon prénom. Mohammed.

Papa a aspiré de l'air entre ses dents.

— Papa, c'est juste un surnom…

— Je m'y connais en surnoms. « Prophète » n'est pas un simple surnom.

— Papa, ça veut dire qu'ils m'aiment bien… Que je suis leur ami.

— Tu n'as pas besoin de ce genre d'amis.

Maman lui a posé une main sur l'épaule.

— Ils ne pensaient pas à mal, Arman. Ils ne savent pas, c'est tout. Mohammed va leur expliquer. N'est-ce pas, Hamed ?

J'avais les oreilles en feu.

— Hier, tu étais si fier de t'être intégré, ai-je dit tranquillement. Et moi, alors ?

— Il ne faut pas confondre trouver sa place et s'intégrer, a répondu papa. Ta mère et moi, nous n'avons jamais dû remettre notre identité en question. Et nous n'aurons jamais à le faire, *inch'Allah*.

Il est venu s'asseoir à côté de moi et a posé ses mains sur les miennes.

— Si tu ne respectes pas le Prophète, Hamed, tu ne te respectes pas toi-même. Et, si tu ne te respectes pas, personne ne te respectera.

Il a marqué une pause avant de reprendre :

— Ces garçons étaient avec toi sur le terrain de golf, n'est-ce pas ?

J'ai fixé le napperon. Papa a conclu doucement :

— Sans confiance, il n'y a rien. Ne t'avise plus jamais de nous mentir.

— Je suis désolé.

Il m'a pressé l'épaule. Maman m'a embrassé le dessus de la tête.

Plus tard, je suis retourné chez Andy. Marty était déjà là. Les deux garçons regardaient M. Johnson fixer le panier de basket sur la porte du garage. Je leur ai répété ce que papa m'avait dit.

— Comment on doit t'appeler, alors ? m'a demandé Andy.

— Par mon prénom ? ai-je suggéré. Mohammed. Ou Hamed, pour faire court.

Marty a paru perplexe.

— Tu n'as pas un autre prénom ?

— C'est quoi, le problème avec Mohammed ?

— Rien. C'est juste un peu… Tu sais…

J'ai eu envie de leur rappeler que certains joueurs de basket s'appellaient Jésus. Et que faisaient-ils des Matthieu,

Marc, Luc, et Jean ? Des Marie et des Joseph ? Des Jacob, Isaac, Rachel, et Sarah ? Mais je me suis retenu.

— J'ai un deuxième prénom : Sami.

Andy s'est épanoui.

— Sammy. Comme l'Oncle Sam. Génial !

« En fait, non. Comme le prénom arabe Sami », ai-je pensé. Mais, là non plus, je n'ai rien dit. Andy était content, je ne voulais pas le contrarier. Ou peut-être que je ne voulais pas avoir l'air bizarre, pour éviter qu'il me pose d'autres questions.

Papa n'était pas enchanté de me voir changer de prénom. Maman l'a raisonné.

— Laisse-le tranquille, Arman. Sami est son second prénom. Celui de ton père. Tu ne peux pas lui reprocher ça, quand même ?

Sami/Sammy. Le jour où j'ai changé de prénom, j'ai compris pour la première fois qu'un monde sépare « la vérité » de « toute la vérité ». Et qu'un simple prénom peut prendre autant de significations qu'il y a de personnes pour l'interpréter.

Bref, avant l'arrivée d'Andy, maman me déposait à l'école en allant travailler à la pharmacie, le matin. Après, j'y allais à vélo avec mes nouveaux copains. Ma vie était transformée. Andy a toujours été un véritable aimant à copains. Je fréquentais l'école publique de Meadowvale depuis la maternelle ; pourtant, à la fin de sa première journée, c'est lui qui faisait les présentations. «Tu connais Sammy? demandait-il aux gars dans la cour. C'est mon ami et mon voisin.»

Des gamins qui m'avaient copieusement ignoré quand j'étais Mohammed, le *loser* qui dormait pendant la récréation, se sont intéressés à Sammy, le copain de ce gars sympa qui avait toujours des idées marrantes pour faire flipper les parents. Marty aussi inspirait davantage de respect; il n'était plus seulement «le gros». Le fait qu'Andy ait un an et demi de plus que nous facilitait les choses. Il avait redoublé, petit, quand sa mère avait voulu lui faire l'école à la maison.

Je ne sais pas quel bénéfice Andy tire de notre amitié; je ne suis même pas sûr qu'il se pose la question. Mais il a beau avoir des tas de copains, c'est avec nous qu'il passe son temps. On est les élus. Ses plus grands fans. Sa cour, quoi.

On a passé de super moments ensemble. Mais, juste avant d'entrer en 4ᵉ secondaire à Meadowvale, j'ai eu des ennuis avec Mary Louise Prescott et la clique de sa mère, et papa m'a collé d'office à l'Académie pour garçons Théodore Roosevelt. Là-bas, je fais partie des lépreux de la classe. Je vois encore Marty et Andy le plus souvent possible; on s'envoie des textos et de temps en temps on se fait des jeux en ligne, mais ce n'est plus comme avant. Ça fait déjà un an qu'on n'est plus à l'école ensemble. Mine de rien, ça compte.

Voilà les pensées que je ressasse, tout en trempant mes pieds dans la fontaine du parc, en face de Mister Softee. Pendant ce temps, les gars discutent de l'année scolaire qui s'annonce. Nous entrons tous les trois en 5e secondaire.

— On va encore se farcir Bonnet d'âne. Je ne sais pas comment je vais le supporter un an de plus ! grogne Andy.

M. Boney est le prof de maths qui l'a fait atterrir en cours de rattrapage, cet été. Andy et Marty ont tous leurs profs en commun. Ils se sont débrouillés pour avoir les mêmes emplois du temps.

— Bonnet d'âne, c'est rien comparé à Calhoun, observe Marty.

Il imite un prof qui marche avec les jambes arquées, en traînant les pieds. Andy manque de s'étrangler.

— C'est exactement lui ! Tu te souviens quand il s'est pris le pied dans la corbeille à papier ?

Ils hurlent de rire. Je les regarde avec un sourire figé. Qui est Calhoun ?

J'ai l'impression d'être un fantôme. Je suis là, mais ils ne me voient pas. Nous évoluons dans des mondes parallèles. Soudain, rien ne va plus.

— Il faut que je rentre.

Les gars me regardent, surpris.

— Il n'est même pas huit heures, remarque Andy.

— Mon père va gueuler.

Je roule les yeux. Je n'aime pas utiliser papa comme prétexte, mais bon…

Ils me lâchent devant chez moi et repartent. Je regarde la *Deathmobile* disparaître au coin de la rue, en route vers de nouvelles aventures. Je regrette un peu d'avoir quitté mes amis ; mais au fond de moi, je sais que si j'étais resté, je me serais senti encore plus mal.

3

Maman me passe le plat de pois chiches.

— Alors, Sami, quels sont tes trois événements de la journée ?

Bienvenue dans la salle à manger de mes parents, alias la salle d'interrogatoire.

Les Johnson soupent devant la télé après s'être mis d'accord sur le choix d'une chaîne. Les Pratt mangent tous ensemble dans la cuisine. Une vraie ménagerie ! Marty, ses parents, ses trois petites sœurs, sa grand-mère veuve et son vieux chihuahua, Mister Bulles. Imaginez tout ce monde, les coudes en l'air, qui jacasse, plante sa fourchette dans l'assiette du voisin, pendant que Mme Pratt balance les plats sur la table tels des frisbees, et que Mister Bulles saute sur les genoux pour lécher les nez et quémander des morceaux. Franchement, ça vaut le détour.

En revanche, nous, les Sabiri, nous sommes des gens « civilisés ». Nous nous asseyons à la table de la salle à manger, maman et papa aux deux extrémités. La table est dressée sur une nappe en lin avec des assiettes en porcelaine, des couteaux à beurre et des chandelles, et l'on y débat des « événements de la journée », c'est-à-dire des trois trucs intéressants qui nous sont arrivés depuis le déjeuner. Papa prétend que cela contribue à souder la famille. Personnellement, je déteste ça. J'ai l'impression qu'on m'aspire la cervelle.

Ce rituel a commencé dès le jour de la rentrée. Trois semaines se sont écoulées depuis, et tous les jours se ressemblent ; j'ai de plus en plus de mal à trouver des trucs à raconter. Le seul évènement qui mériterait qu'on s'y attarde n'a pas encore eu lieu. C'est mon voyage à Toronto avec papa. Mais bon, si maman insiste pour me cuisiner, autant m'amuser un peu.

— Mes trois événements de la journée...

Je marque une pause, verse des pois chiches dans mon assiette et passe le plat à papa.

— Évènement numéro un.

Je plonge la cuillère dans le plat de riz en essayant de grappiller un maximum de raisins secs.

— Aujourd'hui, à la cafète, trois gars de 5e secondaire ont dégueulé leurs lasagnes.

Maman ferme les yeux.

— Sami, je t'en prie. On est à table.

— Nous aussi, on était à table.

— On s'était mis d'accord pour ne mentionner que des évènements positifs.

— C'est positif! L'an dernier, les gars ont vomi dès le premier jour.

Maman regarde papa pour lui réclamer son soutien.

— Arman?

Il grogne d'un air absent, perdu dans ses pois chiches. Je décide de ne pas tenter le diable.

— OK. Un truc positif. Je ne suis plus l'intello de l'école. En troisième heure, Mitchell Kennedy m'a volé le titre.

— Ah, Mitchell…

Les yeux de maman s'allument.

— Ton ami du groupe de révisions du midi?

— Mitchell n'est pas mon ami. Et ce n'est pas vraiment un groupe de révisions. On serait plutôt la «bande de *losers*» du midi. Enfin, bref, Mitchell a déjà lu notre bouquin de sciences de A à Z. Et aujourd'hui il l'a dit à M. Carson. En plein cours. C'était excellent!

— Il n'aurait peut-être pas dû s'en vanter, admet maman. Mais il a raison de travailler dur. Tu devrais inviter Mitchell à la maison, un de ces jours.

— Pourquoi?

Maman soupire.

— Très bien. Ne le fais pas si tu n'en as pas envie.

Elle me tend le plat de poulet aux pistaches.

— Et l'évènement numéro trois ?

Je choisis un morceau de blanc.

— Il est arrivé un truc miraculeux à M. Bernstein.

— M. Bernstein. Ton professeur d'histoire ? Le vieux monsieur que nous avons rencontré aux journées portes ouvertes de l'Académie ?

— Exact.

Je lui tiens le plat pendant qu'elle se sert.

— M. Bernstein a toujours eu les cheveux gris. Mais la nuit dernière, miracle ! Ils sont devenus noirs.

Maman rit :

— J'aime bien M. Bernstein.

Elle prend une cuisse de poulet.

— Il est si délicat. Si élégant. Sa femme a bien de la chance.

Une femme ? M. Bernstein ? Excuse-moi, maman, mais tu es légèrement à côté de la plaque !

Je pose le plat près de papa.

— À ton tour, Arman, l'encourage maman. Quoi de neuf dans le monde des microbes ?

Papa lève les yeux de son assiette, fronce les sourcils, attrape une aile de poulet et la dépose au milieu d'un nid de riz.

— Eh bien…

Il recouvre le tout de sauce à l'orange.

— Eh bien…

Il prend une bouchée, mastique lentement, avale et se tapote les lèvres avec sa serviette.

— Eh bien…

— Oui, le taquine maman. Tu l'as déjà dit.

Papa pose sa serviette et place les mains de chaque côté de son assiette.

— Bon. Voilà. Pour demain, Sami… Notre week-end. Mon collègue Auggie Brandt devait intervenir samedi soir, pendant le souper. Mais il est tombé malade et m'a demandé de le remplacer.

— Tu as refusé, bien sûr ! anticipe maman.

— J'aurais bien aimé. Seulement, Auggie m'a rendu beaucoup de services, alors…

Maman plisse les yeux.

— Il n'y a pas de « alors ». Samedi, tu emmènes Sami voir des matches de baseball. On en a discuté ensemble. On l'a organisé. On était d'accord pour dire que c'était important.

— Je sais. Et c'est vrai que c'est important, admet papa. Mais je ne peux pas.

Il se tourne vers moi.

— Sami, je suis désolé.

Je hausse les épaules.

— Il y a toujours les Leafs demain soir. Et samedi, je peux aller voir les matches tout seul…

Papa secoue la tête.

— Ce n'est pas possible. Demain soir, je vais devoir préparer le discours. Et je ne veux pas te savoir seul dans une ville étrangère. On remet ça à une autre fois.

— Tu veux dire que tout le week-end est annulé ?

Il ouvre les paumes, comme si c'était indépendant de sa volonté.

Mon ventre se serre.

— Non, papa, s'il te plaît ! J'en ai parlé à tout le monde. En plus, c'est au Canada. Il n'arrive jamais rien au Canada. Ce pays est plus sûr qu'une garderie.

— J'ai une solution, intervient maman. J'appelle Deb immédiatement, je change mes jours de garde à la pharmacie et je vous accompagne. Ce sera un voyage en famille.

Elle me regarde en hochant la tête, rassurante.

— Pendant que ton père travaille, je t'emmènerai voir les matches.

— Mais… tu détestes le sport.

— Je peux faire une exception.

Papa se rembrunit.

— C'est gentil, Neda, mais pas pratique.

— On se moque de savoir si c'est pratique, s'enflamme-t-elle.

— Pas devant Sami, la prévient papa.

— Arman, réplique maman d'une voix égale, si tu ne peux pas accompagner Sami, je le ferai.

— Impossible. Je vais avoir du travail. J'aurai besoin de me concentrer.

— Dans ce cas, Sami et moi dormirons dans une chambre séparée.

— Hors de question.

— Comment ça, «hors de question»?

J'aimerais avoir dix ans, pour pouvoir me glisser sous la table.

— Je veux dire que c'est trop tard. J'ai déjà annulé les billets.

— Quoi?

Maman se redresse sur sa chaise.

— Sans m'en parler?

— Je n'ai pas eu le temps.

— On a toujours le temps. Un simple coup de fil.

— Je n'y ai pas pensé.

— C'est bon, maman, ce n'est pas grave, dis-je.

— Oui c'est grave, chuchote-t-elle.

— Je me ferai pardonner, *inch'Allah*, nous promet papa. Le prochain week-end où je serai libre, nous irons tous ensemble à New York. Qu'est-ce que vous en dites? Neda, tu pourras faire les boutiques. Et je nous prendrai des places pour aller voir les Yankees. Qu'est-ce que tu en dis, Sami?

Je me tourne vers maman.

— Je peux sortir de table ?

Elle acquiesce. Nous nous levons tous les deux.

Papa est sidéré.

— Neda ?

Maman est déjà dans le salon. C'est la première fois que je la vois quitter la table sans débarrasser. J'entends les portes-fenêtres se fermer, puis le son de la télé. J'emporte mon assiette dans la cuisine.

— J'ai dit que je vous emmenais à New York, se défend papa.

— Ouais, si tu veux.

— Sami…

Je fais volte-face.

— Écoute, papa : laisse tomber, d'accord ? Tu as des choses beaucoup plus importantes à faire que de penser à moi.

4

La vache ! Qu'est-ce qui vient de se passer ? Maman et papa ne se disputent jamais, sauf peut-être dans l'intimité de leur chambre. En plus, papa ne m'a pas crié de revenir quand je suis parti comme une fusée. C'est la pleine lune, ou quoi ?

Je m'apprête à vider mon assiette dans la poubelle sous l'évier, mais le poulet aux pistaches me paraît encore appétissant. J'emporte mon assiette dans ma chambre, au sous-sol – que j'ai officiellement rebaptisée «Abri-Anti-Abruti», en référence à papa – et je me glisse devant mon ordi.

Andy et Marty sont déjà en ligne. Je les mets au courant des derniers rebondissements.

ANDY : trop nul !

MOI : tu m'étonnes. on pourra peut-être se voir, du coup ?

ANDY : pas possible. on part au chalet.

Ils retournent au chalet sans moi ? J'ai envie de vomir sur le clavier.

MOI : vous ne m'avez rien dit ???
MARTY : t'étais pris.
ANDY : c pas trop tard. tu peux venir ?

Mon cœur fait un *looping*.

MOI : attends 1 seconde.

Je fonce au rez-de-chaussée. Maman a quitté le salon pour la cuisine. Elle recouvre les restes du repas de pellicule plastique.

— Où est papa ?

— Là-haut, dans son bureau, dit-elle d'un ton sec. Il a reçu un coup de fil. Ne va pas le déranger.

Ça ne risque pas. J'ai fait l'erreur la semaine dernière. La porte était fermée. Papa parlait au téléphone. J'ai frappé pour lui demander l'autorisation d'aller nager chez Andy. Il a pété un câble : « Depuis combien de temps tu m'écoutes ? Qu'est-ce que tu as entendu ? » Sans rire, on aurait dit que j'avais piraté le Pentagone.

Maman me voit trépigner.

— Qu'est-ce qu'il y a de si important, pour que tu ne puisses pas le demander à ta mère ?

Je lui déballe l'histoire de l'invitation.

– C'est merveilleux ! dit-elle. Bien sûr que tu peux y aller.

– Merci. Mais on ne devrait pas poser la question à papa ?

Elle me prend par les épaules.

– Sami, je t'ai donné la permission.

Exact. Et je ne vais pas tout gâcher. En un éclair, je suis de retour devant l'ordi.

Je viens !

Andy m'expose par écrit le déroulement du voyage.

Ils passeront me chercher en voiture après les cours pour rejoindre Alexandria Bay, où les Johnson garent leur bateau. J'aurai mon passeport et un mot de maman, au cas où : traverser la frontière par voie d'eau est un jeu d'enfant. Les Johnson ont un laissez-passer. Ils sont censés prévenir l'administration avant le voyage s'ils ont des invités et téléphoner depuis une ligne terrestre à l'arrivée. Ils ne le font jamais. En théorie, ils risquent une amende, mais personne n'embête les propriétaires des chalets.

Andy tape tellement vite qu'il fait des tonnes de fautes de frappe. On décide de passer aux webcams.

— Très important, continue Andy, prends des bottes en caoutchouc, une lampe de poche, un coton ouaté à capuchon, un chandail et un coupe-vent. Il fait froid sur l'eau.

— C'est noté, dis-je.

Andy sourit jusqu'aux oreilles. On dirait que sa tête va se fendre en deux.

— Quand tu vas voir la cabane d'ermite abandonnée qu'on a trouvée… C'est à trois ou quatre kilomètres du chalet, sur une île grosse comme ton pouce.

— C'est quoi, cette histoire d'ermite ?

— OK, il n'y a peut-être pas d'ermite, corrige Marty. Mais, s'il n'y en a pas, il devrait… La cabane est en contreplaqué pourri, elle est à moitié effondrée et entourée de détritus, genre vieux bidons d'huile, vieux vélos et télés explosées. On s'est imaginé l'ermite épuisé, tombant raide mort sous la pleine lune, et des animaux sauvages dévorant ses restes.

— Moins fort ! siffle Andy.

Il va éteindre le plafonnier, comme si la pénombre pouvait étouffer les sons, et reprend en chuchotant :

— L'île de l'ermite est couverte de pins. Depuis l'eau, on ne voit que ça, plus un ponton à moitié coulé. On est tombés dessus par hasard. L'avantage, c'est que l'île a une petite plage, géniale pour faire les abrutis dans l'eau. C'est devenu notre QG de fiestas.

— Une règle, Sammy, intervient Marty. Interdit de verser ta bière sur le sable.

— Ha, ha !

Quand je suis à une fête avec mes amis, je trimballe une bière pour la frime, histoire de ne pas passer pour un *loser*. Tout au long de la soirée, je la vide dans les toilettes en allant pisser.

— Concentrez-vous, coéquipiers ! dit Andy en clignant frénétiquement des yeux. Pensez à prendre des sacs de couchage. Non, en fait, laissez tomber. On en a plusieurs au chalet. Et une tente.

Je n'en crois pas mes oreilles.

— On va camper ?

— Ben ouais.

— Avec ton père ?

— Tu déconnes ?

Andy se penche vers sa webcam ; son œil gauche emplit l'écran.

— Papa hait le camping.

— Il sera d'accord pour qu'on prenne le bateau toute la nuit ?

L'œil énorme cligne.

— Évidemment. On est en 5e secondaire, je te rappelle. En plus, j'ai eu dix-sept ans. Je vous le dis, les gars, ça va être *cool*. Bien plus *cool* que le chalet. Et, le mieux, c'est qu'on n'aura pas de voisins pour gueuler si on fait du bruit tard le soir.

Andy fait rouler sa chaise en arrière.

— On va pêcher depuis le ponton, on va prendre une cuite — au moins Marty et moi, ça va être grandiose. Sammy, tu seras le pilote désigné, celui qui ne boit pas.

— Tu es sérieux ? Moi ? Au gouvernail ?

— Affirmatif. Je t'apprendrai à barrer. Ce n'est pas sorcier. Mais attention : l'île de l'ermite, c'est top secret. Tu n'en parles à personne, d'accord ?

— D'accord.

Je fais semblant de cogner mon poing contre l'écran et je ris.

L'île de l'ermite. Piloter un bateau ! J'ai trop hâte.

Je suis tellement excité que je n'arrive pas à m'endormir.

À trois heures du mat', je deviens dingue. Je suis ravi d'aller dans le chalet d'Andy, mais j'ai peur de papa. Mes parents discutent toujours entre eux avant de me donner une autorisation, quelle qu'elle soit. Cette fois, maman l'a joué solo. Et si papa l'apprenait ?

Oui, et alors ? Ce n'est pas comme si maman et moi avions voulu lui cacher quelque chose. Elle ne m'a pas conseillé de me taire, n'est-ce pas ? Et, si elle pense qu'il doit le savoir, elle lui en parlera elle-même. C'est ça, ouais... Après leur dispute ?

De toute manière, comment l'apprendrait-il ? Je serai de retour dimanche, et il ne rentre que lundi. S'il téléphone pendant le week-end, maman pourra toujours lui dire que je suis sorti, ou que je dors. N'empêche...

Je devrais peut-être lui en parler avant son départ. Non, c'est trop tard. Il dirait qu'on a comploté dans son dos. Je trahirais maman et, à tous les coups, il m'interdirait de partir. Surtout vu l'ambiance qui règne à la maison depuis le souper. Les prières du soir, c'était un grand moment ! Personne ne se regardait. On ne s'est même pas souhaité bonne nuit, après.

J'entends quelqu'un au rez-de-chaussée. C'est papa. Il arpente la cuisine en marmonnant des versets du Coran, des trucs qui parlent de justice, de paix et de salut. Je le sais parce que j'ai laissé la porte de ma chambre ouverte. Si mes parents se disputent au milieu de la nuit, je veux les entendre.

La porte du placard s'ouvre et se referme. Puis le frigo. Le tiroir à couverts. Papa doit se préparer un verre de lait à la mélasse.

Je sors de ma chambre et me tapis dans le couloir de la cave, au pied de l'escalier. J'entends papa tirer une chaise pour s'asseoir. (Pour info, il ne tire jamais les chaises : il prétend que ça raye le carrelage.) La cuillère fait tinter le verre, puis cliqueter la petite soucoupe où il a l'habitude de la poser. Je perçois un grognement sourd, et le bruit que fait papa quand il essaie de contrôler sa respiration.

Je monte l'escalier, je m'arrête à l'entrée de la cuisine.

— Papa ?

Il se redresse brusquement :

— Sami ?

— Je me suis levé pour faire pipi. J'ai cru entendre quelque chose.

Il essaie de sourire.

— Ce n'est que moi et mon verre de lait. Tu devrais retourner te coucher.

— Je n'arrive pas à dormir.

— On est deux.

Je reste planté sur le seuil, les bras ballants. Au bout d'un moment, je contourne la table et je m'installe sur une chaise en face de lui. Il a les yeux rouges.

Papa me surprend en train de le dévisager.

— Qu'est-ce que tu regardes ?

— Rien.

Gêné, je lorgne vers le calendrier accroché au frigo. Silence.

Je cherche en vain un sujet de conversation. Papa n'est pas plus inspiré. Le silence s'installe. On reste l'un en face de l'autre, sans rien dire, pendant une éternité.

Papa prend enfin la parole.

— Pour notre week-end... Tu n'es pas trop déçu ?

Je hausse les épaules.

— On pourra aller voir les Yankees une autre fois.

— Bien.

Il s'éclaircit la gorge.

— Samedi et dimanche, tu pourras sortir avec tes amis, *inch'Allah*. Faire quelque chose d'amusant.

Je me ratatine imperceptiblement.

— Ouais. Peut-être.

Papa tend une main en travers de la table. Il prend la mienne.

— Sami…

Il doit avoir la gorge vraiment sèche, car les mots ont du mal à franchir ses lèvres.

— Sami, il y a des choses dont je ne peux pas parler. Des choses que je ne peux pas expliquer. Tu comprends ?

— Ouais, je crois.

— Tant mieux.

Papa me serre la main très fort. Ses articulations blanchissent.

— Maintenant, retourne te coucher. Essaie de dormir.

J'obéis. Arrivé en haut de l'escalier, je me retourne. Papa me fixe d'un air hagard. Je voudrais lui dire que je l'aime, mais je n'y arrive pas. Il me décoche son faux sourire et me fait son petit signe de main étriqué.

Je m'enfonce dans l'obscurité.

5

Papa est déjà parti quand je me lève.

Je fais les prières du matin avec maman, puis nous déjeunons vite fait : des œufs brouillés et du pain grillé. On dirait presque qu'il ne s'est rien passé hier soir. Et pourtant si. J'entame les hostilités.

— Maman, au sujet de votre dispute... et... euh... du chalet...

Elle lève la main.

— Ce qui est fait est fait.

— Je ne devrais peut-être pas y aller.

— Ne dis pas de bêtises.

Elle boit une gorgée de café avant de continuer.

— On t'a promis un voyage, tu fais un voyage. Aller au chalet, c'est un moyen de passer du temps avec tes amis. Et les Johnson sont des gens sérieux ; on peut leur faire confiance pour vous surveiller, *mash'Allah*.

Je joue avec mes œufs brouillés.

— Alors, qu'est-ce qu'on dit à papa?

Nouvelle gorgée. Silence. Maman prend son temps pour répondre.

— À quel sujet?

— Tu sais bien. Pour le chalet.

— Pourquoi lui en parler? fait-elle, prudente.

Elle étale de la confiture de framboises sur sa toast.

— Est-ce que tu préviens ton père chaque fois que tu te mouches?

— Ce n'est pas pareil.

Maman fait la sourde oreille et mord dans sa tartine.

— Il va l'apprendre…

— Comment? À moins que tu ne lui en parles.

— Je ne sais pas. Mais s'il l'apprend? Le fait qu'on ne lui ait rien dit le rendra encore plus furieux.

Maman mastique longuement; elle récupère un grain de framboise au coin de ses lèvres avec la langue; se tapote les lèvres avec sa serviette. Puis elle glisse une mèche de cheveux derrière mon oreille.

— Sami… Hier soir, j'ai agi dans la précipitation, sous le coup de la colère. J'ai eu tort. Mais à quoi bon lancer une allumette dans des herbes sèches? Si ton père apprend pour le chalet, je m'en arrangerai. En attendant, laisse-le vivre en homme heureux, *inch'Allah*. D'accord?

Je hoche la tête, dubitatif.

Après l'avoir aidée à faire la vaisselle, je vais m'habiller. Papa m'avait promis que je m'habituerais à l'uniforme de l'Académie : une veste bleu marine ornée de l'écusson de l'école, un pantalon de flanelle gris et une cravate rouge. Il a été trop optimiste. La veste est raide, la flanelle gratte, et les caïds de l'école ne se lassent pas de m'étrangler avec ma cravate.

Je dépose mon sac de sport et mon sac à dos dans la voiture de maman. Le premier est plein à craquer d'affaires pour le chalet ; le second, de bouquins et de cahiers. Maman va me déposer à l'Académie en partant au boulot ; je me voyais mal faire le trajet à vélo, chargé comme un âne. Habituellement, elle est toujours prête la première, mais aujourd'hui elle traîne. Si elle ne se presse pas un peu, on va arriver en retard et je vais me faire repérer par le directeur adjoint ; il adore distribuer des heures de retenue.

Je consulte ma montre. Ça me fait tout drôle d'aller à l'école en voiture, comme quand j'étais gamin. Mais, lorsque maman passe la porte, j'hallucine carrément.

Elle a mis son foulard ! Son hijab de soie verte ! Elle ne le porte jamais en public, sauf à la mosquée. Pourquoi maintenant ? Inutile de lui demander : c'est à cause de sa dispute avec papa hier soir, à cause du week-end qui s'annonce.

Tandis que la voiture descend la rue, je m'affaisse sur mon siège, je glisse de plus en plus bas. Si seulement je pouvais disparaître...

Maman lit dans mes pensées comme j'ai lu dans les siennes.

— Sami, c'est juste un foulard.

— Tu n'as qu'à le dire aux gars de l'école. Ils ne comprennent pas qu'on se couvre la tête.

— C'est ça. Avec leurs casquettes et leurs capuchons..., ironise maman.

Elle s'engage dans Oxford Drive. Passé la place Meadowvale, un chantier de construction et une zone d'activités, on tourne à gauche dans Valley Park Road.

J'aperçois la colline au loin ; l'Académie est tout en haut. «Allah, mon Dieu, tue-moi sur-le-champ.»

— S'il te plaît, maman. Retire-le avant qu'on arrive.

— Je ne peux pas, Sami. Pas aujourd'hui.

— Alors, laisse-moi descendre. Je vais finir à pied.

— Pardon ?

— Sérieux, maman. Je me fais déjà assez niaiser. Tu ne sais pas ce que c'est, toi.

— Tu veux rire ?

Elle est contrariée, mais elle freine et met ses clignotants. Elle regarde droit devant elle pendant que je récupère mes affaires sur la banquette arrière. J'ai l'impression d'être un assassin.

— Maman… Ce n'est pas de ma faute si tu culpabilises.

— Et ce n'est pas la mienne si tu as honte de ce que tu es.

— Arrête, on croirait entendre papa.

— Et alors ?

Des voitures sont à l'arrêt derrière nous. Un conducteur klaxonne.

— On bloque la circulation, dit maman avec un sourire contraint. Passe un bon week-end.

Sur ces mots, elle redémarre.

Je franchis le portail de l'Académie et m'engage sur le sentier Roosevelt, en direction de l'école. C'était peut-être un sentier autrefois. Mais aujourd'hui, c'est une route pavée qui s'étire entre deux barrières en bois. Sur la gauche, une piste aux dimensions olympiques encercle le terrain de football ; à droite, la maison du directeur, le gymnase et trois terrains de baseball.

Je reprends mon souffle au pied de la colline. Au sommet, une statue de Théodore Roosevelt sur un cheval cabré monte la garde. Le cheval a des bourses gigantesques. Pour Halloween, l'an dernier, quelqu'un les a peintes en bleu vif. On a ri comme des malades en regardant les gars les décaper. M. McGregor, le directeur adjoint, a convoqué une réunion pour nous dire que ce n'était pas drôle. Ça nous a fait rire encore plus.

Malgré la blague des boules bleues, l'Académie a la réputation d'être l'école privée pour garçons la plus stricte de tout le nord de l'État de New York. Quand elle a ouvert au milieu du XXe siècle, elle était au milieu des champs, entourée de vaches, et les élèves – internes – y passaient tout le trimestre. Aujourd'hui, l'établissement est en zone urbaine et la moitié des élèves sont demi-pensionnaires. Selon la brochure publicitaire, on y trouve de tout, sauf des filles. Et c'est justement pour ça que papa m'a collé ici. Merci, Mary Louise Prescott !

Mary Louise était ma voisine de classe en 2e secondaire, à l'école de Meadowvale. Sa mère animait une association nommée «Vivre dans la joie», dont Mary Louise était secrétaire et trésorière. C'était une espèce de club catholique, où l'on mangeait des beignes en buvant du Coke et en frappant sur des tambourins.

Bref, Mary Louise a commencé à me sourire en cours. À l'heure du dîner, elle surgissait toujours comme par enchantement lorsque Andy et Marty me plantaient là pour aller draguer une fille (c'est-à-dire quasiment tous les jours, pour ce qui concerne Andy). Mary Louise portait des chandails en mohair ; elle sentait la pêche et l'amidon. Ça ne me dérangeait pas. Elle partageait ses tablettes de chocolat avec moi.

Clairement, elle aurait bien voulu partager autre chose...

Un jour où j'étais seul, elle est venue me trouver, l'air sinistre, comme si quelqu'un venait de mourir. Elle m'a déclaré qu'elle n'avait pas dormi depuis des semaines, et qu'elle devait absolument me parler.

— Ouais, d'accord.

Là-dessus, elle prend une profonde inspiration et me sort :

— Sammy, il faut que je te parle de Jésus.

Je hausse les épaules.

— Je connais Jésus. C'est un de nos prophètes.

Elle secoue la tête.

— Non. Ce n'est pas juste un prophète. C'est le Sauveur.

— OK. Pas de problème. Tu veux de la gomme ?

— Je suis sérieuse, Sammy. Il faut que tu croies. Je ne pourrai jamais être heureuse au paradis si tu brûles en enfer.

Inutile de vous dire qu'après ça, j'ai fait mon possible pour l'éviter. Seulement, Andy me trouvait dingue. Il prétendait qu'elle était folle de moi et m'encourageait à foncer. Aucune fille ne m'avait encore dragué — d'ailleurs, ce n'est plus jamais arrivé depuis. Peu à peu, l'idée a fait son chemin : et si Andy avait raison ?

Résultat : quelques jours plus tard, alors que je passais à vélo devant chez Mary Louise, elle m'a fait signe d'approcher, et je me suis arrêté.

— Tu veux entrer manger une crème glacée Ben & Jerry's ? m'a-t-elle demandé. Viens, je vais te présenter à ma mère.

Rencontrer sa mère ne m'emballait pas, mais la glace me tentait bien. Pour entrer chez elle, Mary Louise m'a fait traverser le garage. Avant d'ouvrir la porte de la maison, elle s'est tournée vers moi et m'a sorti, hyper sérieuse.

— Sammy, est-ce que tu aimerais toucher mes seins ?

— Quoi ?

— Si tu promets de t'inscrire au club « Vivre dans la joie », je te laisserai les toucher.

— Ce n'est pas interdit, ça ?

— Rien n'est un péché si tu as un cœur pur, et si tu le fais pour Jésus, m'a-t-elle assuré.

L'instant d'après, j'avais les mains sous son chandail et j'explorais à tâtons son soutien-gorge. Mary Louise divaguait et, moi, j'avais comme un Gros Problème. À ce moment précis, Mme Prescott a ouvert la porte du garage et nous a surpris.

Voilà l'histoire. Mme Prescott a obligé sa fille à confesser son péché devant le club « Vivre dans la joie ». Mary Louise a pleuré, les autres ont prié et, visiblement, Dieu lui a pardonné.

Moi, par contre, j'ai été définitivement catalogué « pervers sexuel ». Pendant des mois, toute fille aperçue à moins d'un kilomètre de moi voyait instantanément sa réputation se flétrir. Andy et Marty trouvaient ça ridicule ; surtout que je n'avais même pas touché la peau. Mais les rumeurs sont tellement plus captivantes que la vérité. Les gens les ont crues, forcément.

Mes parents aussi. Mme Prescott les a appelés après m'avoir chassé de son jardin avec un râteau. À l'entendre, il aurait fallu m'interner sur-le-champ. Ils m'ont fait asseoir à la table de la cuisine et m'ont hurlé dessus pendant des heures. Toujours la même rengaine, comme quoi j'avais fait honte à la famille, sali notre nom respectable, bla, bla, bla. À cause de moi, papa et maman n'oseraient plus sortir dans le quartier.

J'ai cru amadouer papa en lui disait que Mary Louise avait essayé de me convertir. Erreur fatale ! Ça n'a fait que décupler sa fureur.

— Comment cette école ose-t-elle promouvoir un club de recrutement religieux ? Et comment oses-tu prendre ce prétexte pour te soustraire à ta responsabilité ? Tu sais ce que dit le Prophète des fornicateurs !

Pardon ? J'avais touché un soutien-gorge. Sur invitation, en plus. Papa était encore plus fou que Mme Prescott !

Maman a essayé de lui rappeler les « défis de la puberté », mais il s'est lancé dans une diatribe contre les filles et la tentation. Il a prétendu que je manquais de discipline, que je passais trop de temps sous mauvaise influence. Il pensait à Andy et Marty, bien sûr, mais il ne pouvait pas les nommer. Ce sont des voisins, et il n'avait aucune intention de déménager.

Voilà comment je me suis retrouvé coincé dans ce trou à rats, une école censée nous mettre à l'abri des distractions (traduire : les filles), lesquelles «provoquent des pensées impures et souillent l'âme».

La tour de l'horloge beugle une marche militaire. Il me reste cinq minutes pour rejoindre ma salle de cours. Anglais, maths, dîner, sciences, histoire… et enfin la cloche. La liberté !

Je finis de grimper la colline d'un pas vif et je pénètre dans l'enfer de l'Académie.

6

Dernière heure. Cours d'histoire. Le compte à rebours a commencé.

M. Bernstein est au tableau, toujours très élégant avec ses cheveux gominés, son costume crème et sa cravate à rayures jaunes. Comme d'habitude, il débute le cours par un bref exposé truffé d'opinions personnelles, fait exprès pour provoquer un débat. Certains parents d'élèves se plaignent que notre professeur d'histoire s'écarte du programme et tienne des propos controversés ; il s'en fiche royalement.

— J'enseigne ici depuis l'âge des dinosaures, plaisante-t-il. Vous n'êtes pas près de vous débarrasser de moi.

Aujourd'hui, il parle du procès des sorcières de Salem, à la fin du XVIIe siècle, puis de la chasse aux sorcières dans l'Europe médiévale.

— C'était une époque terrifiante pour tous ceux qui étaient différents, s'exclame-t-il avec un geste ample de la main. Les puissants jouaient avec la peur. Les gens s'épiaient mutuellement. Et certains terminaient sur le bûcher à cause de simples rumeurs.

M. Bernstein est assez divertissant, surtout quand il s'exprime avec les bras, mais il reste encore quarante-trois minutes et je ne suis pas spécialement captivé par ce qu'il nous raconte.

Je jette un coup d'œil sur Mitchell Kennedy. Ses lèvres remuent. Mitchell répète tout ce que disent les profs. Il prétend que ça l'aide à retenir. Pourquoi pas…

Plus que quarante-deux minutes. Le vendredi, Andy et Marty n'ont pas de cours en dernière heure. M. Johnson a dû les envoyer m'attendre à la sortie. Je ferme les yeux, j'imagine l'odeur du poisson et des pins, les rochers pointus perçant la surface de l'eau.

Quarante et une minutes et trente secondes. Je compte les trous dans les plaques acoustiques du plafond. Je regarde l'affiche de George Washington ; je pense à ses dents en bois. Est-ce qu'il embrassait avec ces trucs-là ? Est-ce qu'il les brossait ? Est-ce qu'il avait des caries ?

Quarante et une minutes et vingt secondes. Pourquoi le temps s'écoule-t-il aussi lentement ?

« Aïe ! »

Eddy Harrison m'a planté la pointe de son stylo dans le dos. « Eddy » n'est qu'un diminutif. En réalité, ce type s'appelle Edward Thomas Harrison le Troisième. Ouais : « le troisième ». Ce n'est pas une blague, ça lui a même valu le surnom d'Eddy-Trois. Il joue dans l'équipe de football et il est particulièrement baraqué, à force de soulever des poids. Sans parler des stéroïdes. Ces derniers lui ont fait gagner en corpulence, mais n'ont eu aucun effet sur son acné. Il a des boutons comme des choux-fleurs. S'il les présentait à un concours, c'est sûr qu'il remporterait un prix.

Eddy attend une minute et me pique de nouveau. Je repense aux paroles de papa : « Ces petites brutes te provoquent pour te faire réagir. Si tu les ignores, ils s'arrêteront d'eux-mêmes. »

Ce conseil débile ignore totalement la psychologie des abrutis. Son seul but est de m'empêcher de me battre, ce qui m'attirerait des ennuis et salirait sa précieuse réputation. « Ce que tu fais déteint sur toute la famille, Sami. » Toute la famille, c'est-à-dire, lui.

Eddy me pique une troisième fois. Je me retourne et chuchote :

— Arrête.

— Sinon quoi ?

Eddy sourit jusqu'aux oreilles. Même ses dents ont des muscles.

M. Bernstein frappe dans ses mains.

— Harrison ? Sabiri ?

— Désolé, dis-je. Je m'étirais.

M. Bernstein nous fait son regard-qui-tue, puis renverse la tête et enchaîne sur les procès de sorcières.

— Les suspectes pouvaient être torturées jusqu'à ce qu'elles avouent. Les preuves étaient tenues secrètes ; les témoignages, fondés sur des rumeurs. Après tout, si l'accusé est coupable, qui a besoin d'un procès équitable ?

Dave Kincaid, assis au fond de la classe, lève la main.

— Mais, et leurs droits ?

— Elles n'en avaient aucun, dit M. Bernstein. Et c'est une question importante, Kincaid. Merci de l'avoir posée. Nous considérons nos droits civiques comme allant de soi. C'est un tort. Nos ancêtres se sont battus pour les conquérir.

Eddy pousse ma chaise du bout du pied.

— Nommez les droits civiques auxquels nous sommes le plus attachés, continue M. Bernstein.

Il se tourne vers le tableau et note tout ce que disent les élèves. La liberté de parole. L'égalité. La liberté de conscience. Le respect de la vie privée. Le droit de réunion. Le droit d'être jugé équitablement…

Eddy se penche en avant pour me chuchoter à l'oreille. Son haleine empeste le salami.

— Tu avais dit à Bernstein que tu partais à Toronto avec ton papa, aujourd'hui. Qu'est-ce qui se passe ? Ton chameau est tombé en panne d'essence ?

Je fais la sourde oreille ; je m'applique à copier ce que M. Bernstein écrit au tableau.

— Tu es sourd, Sabiri ?

Ma main tremble.

— Yo, le bicot.

Je pivote brusquement.

— Va te faire foutre !

Au secours ! Dites-moi que je ne viens pas de crier : «Va te faire foutre !» en plein cours. Hélas, c'est fort probable. Sinon, pourquoi ce silence soudain ? Pourquoi cette expression sur le visage de Mitchell ?

— Qu'est-ce que tu viens de dire ? demande M. Bernstein d'une voix glaciale.

Je regarde le professeur, me préparant à la peine capitale. Mais je ne l'intéresse pas. Il dévisage Eddy.

— Harrison, je te parle. Comment as-tu appelé Sabiri ?

— Je sais pas.

— Réfléchis bien.

Eddy tapote son stylo.

— Qui ça intéresse ? Il a insulté ma mère.

— Quel mensonge lâche ! s'exclame M. Bernstein, les yeux flambants de colère. Le racisme n'a pas sa place dans cette classe, Harrison. File chez le directeur adjoint.

Eddy se lève lentement, range ses cahiers dans son sac à dos et remonte l'allée en traînant les pieds, le dos voûté.

— Bravo pour la liberté de parole !

Il s'arrête sur le seuil pour sortir son téléphone. Avant même d'arriver au bureau du directeur, il aura appelé son père pour lui débiter un mensonge.

M. Bernstein s'en fiche.

— Où en étions-nous ? Ah oui, les droits civiques. Je vous demanderai de passer la fin de l'heure à réfléchir au plan de votre prochain devoir : « Quel droit civique vous paraît le plus important ? Argumentez votre choix. »

J'essaie de me mettre au travail, mais je suis incapable de me concentrer. Eddy a la haine. Il va me le faire payer. Qu'est-ce que je vais devenir ?

Je suis vite fixé. Quelques minutes plus tard, il s'engouffre dans la classe comme un ouragan, un vilain rictus aux lèvres. Il tend au professeur un mot qui l'autorise à réintégrer le cours.

M. Bernstein jette le papier dans la corbeille.

— Le sujet du devoir est inscrit au tableau, dit-il.

Il regarde Eddy regagner sa place comme un faucon guette sa proie.

Eddy joue l'indifférence. Il remonte l'allée en saluant ses copains au passage et se cogne « accidentellement » dans ma table avant de s'asseoir. M. Bernstein se racle bruyamment la gorge.

— Désolé, fait Eddy avec un sourire sardonique.

Encore huit minutes avant la sonnerie. Comment vais-je faire pour m'éclipser ?

Une voix féminine s'échappe du haut-parleur :

— Monsieur Bernstein ?

— Oui ?

— Pourriez-vous envoyer Sabiri au bureau, s'il vous plaît ? M. McGregor souhaite lui parler.

Monsieur Bernstein fronce les sourcils.

— Certainement.

Eddy se penche à nouveau vers mon oreille.

— Merci de m'avoir foutu dans la merde. Je serai là quand tu reviendras chercher tes cahiers. Toi, moi et mes potes, on va avoir une petite discussion derrière le gymnase.

M. Bernstein cligne des yeux. A-t-il entendu ?

— Tu peux emporter tes affaires, Sabiri, me dit-il d'une voix égale.

« Merci, merci ! » Je récupère mon sac à dos sous ma chaise et je range mes cahiers en quatrième vitesse. Je m'efforce de remonter l'allée le plus calmement possible, sous le regard assassin d'Eddy. Une fois dans le couloir, un choix s'impose. Pour aller chez le directeur adjoint, c'est à gauche. Je prends à droite. Je ne vais quand même pas me jeter dans la gueule du loup. Pas maintenant. Pas avant le week-end.

Je fonce à l'étage vers mon casier. Je récupère mon sac de sport, puis je cours dans le couloir comme un dératé ; je dévale l'escalier et sors par la petite porte, sur le côté.

Je contourne le bâtiment. Alors que je traverse le rond-point de la statue, en direction du sentier Roosevelt, une voix m'interpelle :

— Sabiri !

C'est McGregor, le directeur adjoint. Il est dans l'escalier, devant la porte principale. Il a dû me voir par la fenêtre de son bureau.

— Sabiri ! Stop !

Je continue à courir.

— Sabiri ! J'ai dit stop !

Je ne peux pas m'arrêter maintenant. Je suis déjà dans la m… jusqu'au cou.

La Toyota des Johnson remonte le sentier Roosevelt à tombeau ouvert. Andy est au volant ; Marty est à côté de lui. Nous nous croisons. Andy pile dans un crissement de freins et entame un virage à 180 degrés. Une seconde plus tard, il freine à ma hauteur.

Je saute sur la banquette arrière.

— Qu'est-ce qui t'arrive ? me demande-t-il.

— Démarre !

7

À l'extrémité de Valley Park Road, j'ai suffisamment repris mon souffle pour raconter mes déboires à Andy et Marty.

Andy siffle.

— Qu'est-ce que ton père va dire quand il apprendra que tu as décampé au lieu d'aller chez le directeur adjoint?

— Je n'ose pas y penser. Entre Eddy, McGregor et papa, je crois que je peux faire mon testament. Alors, les gars, soyez *cool* : on n'en parle plus, d'accord? Je veux avoir un week-end de répit avant de mourir.

Andy va prendre l'autoroute. Je sors de mon sac de sport un jean et un coton ouaté à capuchon à l'effigie des Sabres de Buffalo[1], et j'ôte mon uniforme de l'Académie. Soudain, une pensée me frappe. Il manque quelqu'un.

_____

1. Une célèbre équipe de hockey.

— Euh, Andy… Où est ton père ?

— Quoi ? Je ne t'entends pas, me répond-il en riant. La musique est trop forte.

Marty aussi se bidonne. Je ne vois pas ce qu'il y a de drôle. J'insiste :

— Non, sérieux ! Il est déjà au chalet ? Il viendra nous chercher en bateau ?

Marty se dévisse la tête et articule en silence : « Quoi ? », comme si on était à un concert de rock, devant les haut-parleurs.

Je tends une main entre les sièges et j'arrache de l'auto-radio la prise de l'iPhone.

— Ça suffit ! Pourquoi ton père n'est pas là, Andy ?

Il se gratte le nez.

— Pourquoi veux-tu qu'il soit là ?

— Hier soir, tu m'as dit qu'il détestait le camping, mais qu'il nous laisserait emprunter le bateau pour aller sur l'île de l'ermite. J'ai supposé qu'il venait.

— Ne suppose pas, Terrien, fait Marty d'une voix de robot. Nous ne fonctionnons pas comme vous.

— Arrête tes conneries, Marty ! Qu'est-ce qui se passe ?

— Mes parents sont absents toute la semaine, dit Andy avec un sourire radieux. On sera seuls au chalet.

Mes yeux jaillissent de leurs orbites.

— Ils sont au courant ?

— Je ne les ai pas prévenus, si c'est ta question.

Il me fait un clin d'œil dans le rétroviseur.

— Voilà comment je vois les choses : s'ils me croient à la maison, ils seront plus détendus. Grâce à moi, ils passeront de bonnes vacances.

— Et s'ils essaient de te joindre ?

— Ils m'appelleront sur le portable. Et je leur sortirai un truc du genre : « On s'ennuie vraiment à crever, à Meadowvale. » Pendant ce temps, je me décapsulerai une bière sur la plage.

Je regarde par la vitre arrière. Meadowvale disparaît dans le lointain. Je presse le front contre le siège en cuir et je pense à maman. Elle m'a autorisé à faire ce voyage à l'insu de papa. Et maintenant c'est moi qui lui cache quelque chose. Si elle l'apprend, je suis plus mort qu'un cadavre en décomposition.

Andy frappe le sol de son pied libre, comme le Panpan de Bambi.

— Ce n'est rien, Sammy. Cet été, mes parents nous ont plusieurs fois laissés seuls toute une journée, Marty et moi.

— Ouais, mais pas pour tout le voyage. Et sûrement pas pour entrer seuls au Canada.

— Et alors ? Je sais piloter le bateau et on a nos papiers. D'ailleurs, on n'en aura même pas besoin.

— Je t'avais dit qu'il voudrait rentrer, marmonne Marty.

Les joues me cuisent.

— Qui a parlé de rentrer ? C'est juste que ma mère est persuadée que tes parents nous accompagnent. Autrement, elle ne m'aurait jamais donné son accord.

— Alors, laisse-lui ses rêves, suggère Marty. Comment veux-tu qu'elle découvre la vérité ?

Andy tente de m'amadouer.

— Allez, ça va être super le *fun*. Toi qui n'étais pas là cet été, tu vas pouvoir te rattraper.

— Ouais, c'est ça, dis-je d'un air sombre.

Andy rentre la tête dans les épaules et se concentre sur le volant.

— Ne sabote pas notre week-end, OK ! Si tu te dégonfles, je fais demi-tour et je te ramène chez toi.

— C'est sûr. On n'aura perdu qu'une demi-heure, râle Marty.

Andy ralentit.

— Alors, qu'est-ce que je fais ?

Silence. « Je ne sais pas. Je ne sais pas. Je ne sais pas. »

— Très bien, soupire Andy. Je te raccompagne.

Marty s'effondre sur son siège.

— Génial, Sabiri. Tu es devenu un véritable abruti, tu sais !

Je me sens mal. Après ce qui s'est passé cet été, c'est ma dernière chance. Si je jette l'éponge aujourd'hui, je m'exclus définitivement. Je ne reverrai plus Andy et

Marty. En tout cas, plus comme des amis. Je n'aurai plus que l'enfer de l'Académie.

Je me force à rire et je frappe l'appuie-tête d'Andy.

— C'est bon, je reste.

Andy exulte.

— Je te reconnais bien là, mon Sammy !

Il me fait un *high five* par-dessus son dossier.

— Si ta mère crise, tu n'auras qu'à lui dire que c'est ma faute. Que tu croyais que mes parents seraient au chalet jusqu'au moment où on est arrivés. Je confirmerai. Ouais, c'est ça ! Dis que tu as été kidnappé !

— Kidnappé au Canada. Par des extraterrestres, ajoute Marty de sa voix de robot.

— C'est ce qui se serait passé, en plus, si tu n'avais pas posé de questions, continue Andy. On a essayé de te protéger, Sammy. Sérieux ! Mais tu ne t'es pas laissé faire. Tu nous as obligés à parler. Il y a certaines choses qu'il vaut mieux ne pas savoir.

J'ai un flash : je revois papa, assis à la table de la cuisine, l'air hagard. Traqué. « Sami, il y a des choses dont je ne peux pas parler. Des choses que je ne peux pas expliquer. » Je secoue la tête pour chasser cette pensée et je gueule :

— Andy, mets la musique à fond, le plus fort possible !

Deuxième partie

8

Andy a le pied lourd. Du coup, on arrive à Alexandria Bay plus tôt que prévu. Il est quand même 18 heures : il ne nous reste que quelques heures avant la tombée de la nuit. On passe au *drive-in* et on continue vers la marina en s'empiffrant de BigMac et de frites.

À l'entrée du stationnement, des gamins vendent des appâts : des vers de terre dans des caisses en polystyrène récupérées dans un bouiboui voisin. Une caisse devrait nous suffire, mais Andy insiste pour en prendre trois.

Le stationnement est plein à craquer. Des pères et leurs fils qui reviennent de la pêche, des couples en partance pour une croisière au crépuscule, et des gens comme nous, en route pour leur chalet. Principalement des Blancs. Je reste collé à Andy et Marty, les mains dans les poches, le capuchon relevé, la tête baissée. Si je pouvais, je me rendrais invisible.

— Qu'est-ce qui te prend ? me demande Andy.

— Rien. Je ne veux pas d'histoires, c'est tout.

— Ne sois pas parano.

— Facile à dire, pour toi.

Le bateau des Johnson est garé à la jetée numéro 4, ponton 22. C'est un Catalina Chris Craft de huit mètres de long par trois de large, à coque en V. Le père d'Andy voulait le baptiser *La Pénétrante*, mais Mme Johnson trouvait ça vulgaire. Elle préférait un truc gnangnan, du genre *Murmure des vents*, ou *Heureux hasard*. Finalement, elle a cédé et il l'a appelé *Cirrhose du fleuve*.

Nous entassons nos sacs de marins et nos sacs à dos dans le compartiment étanche, à l'avant. Le Catalina fend les vagues en douceur ; on ne devrait pas se faire asperger, à moins qu'Andy n'ait décidé de battre un record de vitesse. Au cas où, Marty et moi enfilons des coupe-vent par-dessus nos cotons ouatés.

Je suis forcé d'admettre qu'Andy connaît son affaire. Les ordres qu'il nous donne sont clairs et précis. Nous détachons les cordes, enfilons des gilets de sauvetage récupérés dans les caisses sous les sièges arrière, et nous voilà partis.

Andy aperçoit un vieil homme sur la jetée et lui fait un signe de main. L'homme lui rend son salut. Je me renseigne :

— Qui c'est ?

— Aucune idée. Mais je lui dis bonjour depuis que j'ai six ans, me rassure Andy. Détends-toi, OK ? Tout le monde se fiche de savoir qui on est et ce qu'on fabrique. Si tu te comportes normalement, tu n'attireras pas l'attention.

Exact. Sauf que, pour la plupart des types comme moi, se comporter normalement signifierait dérouler un tapis de prière, à cette heure-ci. Et, si un papi agite la main en nous voyant, il y a toutes les chances pour qu'il soit en train d'appeler la brigade antiterroriste.

Andy manœuvre pour sortir de la marina, direction le fleuve Saint-Laurent. Le vent gonfle mon K-way. Les embruns glacés me piquent les joues. Quelque part là-bas, dans l'eau, une ligne invisible sépare les États-Unis et le Canada. Andy barre à tribord à travers des grappes d'îles rocheuses saupoudrées d'arbres et de chalets. Je braille pour couvrir le rugissement du moteur :

— On est déjà au Canada ?

— Ouais ! hurle Andy.

Je souris. On a passé la frontière sans même s'en rendre compte.

Vingt minutes plus tard, je reconnais le chalet d'Andy au loin, niché dans une crique. En fait de chalet, c'est une vulgaire maison secondaire avec garage, aux volets clos.

D'autres chalets parsèment la crique, dotés chacun d'une cinquantaine de mètres de berge. La plupart sont déjà fermés pour l'hiver ; seuls quelques-uns sont encore habités. J'aperçois des familles en chandail réunies autour d'un barbecue, des enfants qui jouent au ballon, lancent des frisbees ou jettent des bâtons dans l'eau pour leurs chiens.

Andy dirige le Catalina vers son ponton ; il est entouré de pneus pour amortir les chocs à l'arrivée. Malgré tout, Marty sort une rame pour nous permettre d'accoster en douceur. Nous sautons du bateau et aidons Andy à l'amarrer.

— Il fait presque nuit, dis-je. On devrait peut-être attendre demain pour aller sur l'île de l'ermite.

— On n'est pas venus jusqu'ici pour dormir à l'intérieur ! s'insurge Andy.

Il nous précède dans la cuisine, où nous remplissons une glacière de chips et autres cochonneries, de steaks hachés congelés et de *packs* de glace sortis du congélateur.

— Tu penseras à me donner ta liste, fiston ? plaisante Andy, singeant son père.

— Ta gueule !

Je souris. Chaque fois que je suis allé au chalet, papa confiait à M. Johnson une liste de mes heures de prières, des aliments interdits et des films que je ne suis pas censé regarder. M. J. hochait la tête, très sérieux, avant de glisser le papier dans sa poche.

— Tu te rappelleras tout ça, Sammy ? me demandait-il ensuite, en chemin pour le chalet.

— Bien sûr !

Au retour, papa demandait toujours à M. Johnson si j'avais respecté les règles, et ce dernier répondait par l'affirmative. Papa, méfiant, m'interrogeait scrupuleusement, surtout sur les menus. Et je le provoquais.

— Tu traites M. Johnson de menteur ?

Ça lui clouait le bec.

Inutile de m'en faire ce soir. Pour une fois, papa n'est pas là pour me gâcher le plaisir. Je peux enfin me détendre.

On récupère des sacs de couchage et des matelas pneumatiques dans les chambres, et on les balance dans la cabine du Catalina. Puis on va chercher les cannes à pêche dans l'abri de jardin, avant de les ranger dans un étui en fibre de verre. Andy fait l'inventaire du matériel et prend les lampes torches. On en a quatre, avec des piles de rechange.

Soudain, il se met à trépigner.

— Vous pouvez finir sans moi ? J'ai un truc à faire.

Il se précipite dans la maison.

Marty m'entraîne près du compost pour récupérer les bières qu'Andy et lui ont cachées cet été, sous un tas de bois. M. J. autorise son fils à consommer de l'alcool depuis qu'il a 14 ans, mais Andy ne veut pas que son père sache qu'ils boivent dans le bateau.

Je fourre des bûches dans un sac en toile. Marty roule les yeux.

— On trouvera plein de bois à brûler sur la plage.

— Il risque de faire nuit quand on arrivera.

— C'est pour ça qu'on a des lampes de poche.

— Et si le bois est mouillé ? Il a peut-être plu cette semaine.

— C'est bon, grogne Marty, fais ta fille si ça te chante.

Je me défends :

— C'est plus simple, c'est tout. Comme ça on pourra allumer un feu sans décharger les piles.

— J'ai compris, maman.

Nous fouillons ensuite le garage à la recherche de la tente d'Andy. Elle est sur une étagère, roulée dans une bâche en plastique couverte de poussière de ciment, de toiles d'araignée et de feuilles mortes. Elle empeste le moisi.

— Beurk !

Je tourne la tête pour ne pas l'avoir sous le nez en la transportant jusqu'au bateau.

— Entre ce truc et tes pets immondes, on sera morts d'ici demain matin.

Marty rit fièrement.

— T'inquiète. J'ai apporté des allumettes.

— Super. Au lieu de s'asphyxier, on va exploser !

Après avoir recouvert d'une toile goudronnée le matériel qui reste sur le pont, on attend le retour d'Andy. Je vais m'asseoir au bout du ponton et je balance les jambes dans le vide en regardant le soleil disparaître derrière un chapelet d'îles, au sud-ouest.

Marty s'assied pesamment à côté de moi. Il fait rebondir ses mollets potelés sur un pneu et se mordille le pouce pour essayer d'en extraire une écharde.

— Alors…, lâche-t-il, après un long moment.

— Alors ?

Il recrache l'écharde :

— Sammy…

— Ouais ?

— Est-ce qu'il y a un truc que je devrais savoir ?

— Quel genre de truc ?

— Est-ce que tu m'en veux pour quelque chose, je ne sais pas…

Je mens :

— Non. Pourquoi ?

— Je sais pas. C'est juste que j'ai de mauvaises ondes.

Il capte des ondes, lui ? Trop fort !

— Donc, ça roule : on est toujours potes ?

— Ben ouais. Bien sûr.

— *Cool.*

Silence. Puis :

— Tu me dirais s'il y avait un problème ?

— Arrête, Marty. T'es achalant...

— Tu me le dirais ? insiste-t-il. Des fois, je fais ou je dis des trucs qui peuvent gonfler les gens. Mais ce n'est pas volontaire.

— Je sais.

Silence.

On écoute le clapotis de l'eau. Des rires fusent sur la plage. Un chien aboie.

Je regarde le chalet :

— Qu'est-ce qu'il fabrique, Andy ?

— Devine ! chuchote Marty, comme si j'étais censé le savoir.

Sauf que je ne sais rien.

— Il est comme ça depuis qu'il a appris... Il fait le mariole, il déconne comme d'habitude, l'air de rien. Et soudain, blam ! Ça l'assomme. En classe, il demande à sortir et va se planquer dans les chiottes jusqu'à ce qu'il redevienne normal.

De quoi Marty parle-t-il ? « Depuis qu'il a appris. » Comment ça, « jusqu'à ce qu'il redevienne normal » ?

— Il cache bien son jeu, soupire Marty.

Son jeu ? Quel jeu ? Je brûle de le savoir, mais je ne peux pas interroger Marty. Il devinerait qu'Andy ne m'a pas mis dans la confidence. Et justement : pourquoi ne s'est-il pas confié à moi, si je suis son meilleur ami ?

Soudain, j'ai la peau moite. Si je ne connais pas Andy, qui je connais ?

J'acquiesce :

— Ouais. Il cache vraiment bien son jeu.

Marty se gratte.

— Remarque, moi aussi, ça m'aurait secoué, à sa place. Andy a toujours voulu ressembler à son père. Tu sais que sa mère prend des pilules...

— C'est triste, dis-je, comme si ce n'était pas un scoop.

Andy claque la porte du chalet et court vers nous.

— C'est bon, on peut y aller.

Marty et moi bondissons sur nos pieds.

— Génial !

Je bombarde Andy de questions silencieuses : « Qu'est-ce qui se passe ? Quel est le problème avec tes parents ? »

Le soleil est couché. Dans le ciel d'un gris lumineux, des nuages épars, éclairés par-dessous, prennent des teintes orange sale, roses et violettes.

Andy s'installe à la barre. Marty saute à bord et s'assied à côté de lui.

— Île de l'ermite, nous voilà ! claironne Andy en tournant la clé de contact.

Le bateau s'enfonce lentement dans la nuit.

9

Andy et Marty font les pitres à la proue du bateau, qui fend allègrement les flots. Je ne comprends pas la moitié de ce qu'ils racontent, à cause du bruit du moteur, mais je souris et je lève un pouce chaque fois qu'ils se tournent pour me regarder.

Le vent est mordant. Je me recroqueville un peu et je regarde les lumières scintiller au-dessus du fleuve : les réverbères au bord des routes et les halos lumineux des villes, sur le continent ; les éclairages des chalets, qui dessinent un anneau sur le pourtour des îles, balisant le dédale de chenaux dans lequel nous avançons ; les lampes des autres bateaux : voiliers, chalutiers, yachts... De chacun s'élève un bruit particulier : corne de brume, tintement de cloche, brouhaha de rires et de conversations, accords de musique ou ronflement de moteur.

La sensation est grisante, mais je suis complètement perdu. Heureusement, Andy a une carte dans la tête ; il passe tous ses étés dans les Mille-Îles depuis qu'il est né.

— On est revenus dans les eaux américaines, annonce-t-il.

Ici, la plupart des maisons sont plongées dans la pénombre.

— Ces baraques appartiennent à des millionnaires du Sud profond. Ils ne viennent qu'une semaine ou deux, en été, pour fuir la chaleur.

Nous arrivons au pied de falaises bordées d'arbres. Andy ralentit et oriente le bateau entre deux parois escarpées. Nous longeons celle de droite, puis prenons à gauche. Le chenal débouche sur une vaste étendue d'eau délimitée par cinq grandes îles. Andy coupe le moteur ; il laisse le bateau dériver avec le courant. C'est tranquille, ici. On n'entend que de lointains échos et le clapotis des vagues qui lèchent la coque. Il fait sombre. Hormis notre lampe, la seule lumière provient des étoiles et de la lune, dont le reflet miroite sur l'eau ridée.

— Ces îles sont la propriété de la famille Stillman, nous apprend Andy. Je crois qu'ils vivent au Tennessee. Sur chacune, ils ont fait construire une maison de maître, plus une espèce de manoir avec des dépendances pour les invités. Il y a quelques années, le vieux M. Stillman s'est fait sauter la cervelle. Ses enfants et petits-enfants n'ont pas mis les pieds ici, depuis.

Je frissonne. À cause du vent, sans doute…

Andy tend un bras devant lui, l'index pointé.

— La voilà, chuchote-t-il. Juste en face, au milieu.

L'île de l'ermite se détache de l'obscurité. On dirait qu'elle flotte vers nous.

Au début, on ne distingue pas grand-chose. Mais, à mesure qu'on approche, les détails se précisent. Une pinède recouvre l'île, sur une largeur de deux cents mètres, environ. De plus près encore, j'aperçois un ponton fantomatique qui danse devant la berge ; son extrémité pourrie s'est effondrée dans l'eau. À droite, sur une petite plage de sable, est planté un écriteau délabré :

PROPRIÉTÉ PRIVÉE. DÉFENSE D'ENTRER !

— Vous êtes sûrs qu'on a le droit de venir ici ?

— Tu dis ça à cause de l'écriteau ?

Andy glousse.

— Comme s'il y avait quelqu'un pour s'en soucier.

Ça ne répond pas à ma question.

Andy guide le bateau vers le ponton.

— Si tu vois le fantôme de Stillman, tu cries ! ironise Marty.

J'imagine des morceaux de cervelle, un globe oculaire flottant autour des débris de son crâne.

Nous amarrons le bateau au ponton branlant et déchargeons nos affaires sur la plage. En quelques minutes, la tente est montée. Andy et Marty ont décapsulé des bières, et on se réchauffe autour d'un feu de camp.

Nous ne sommes pas les premiers à venir faire la fête sur cette île soi-disant déserte. De vieilles canettes de bière et des emballages vides, charriés par le vent, sont emprisonnés dans les broussailles qui bordent la plage. Un préservatif usagé pend sur des herbes jaunes. Mais, ce soir, il semble que nous soyons les seuls campeurs.

Andy me voit admirer les étoiles.

— Pas mal, hein ?

Je souris :

— Pas mal.

Marty nous fait un clin d'œil.

— Les petits mensonges arrangent tout le monde, finalement...

Il est si tard que j'ai mal derrière les yeux.

Andy et moi sommes assis sur nos sacs de couchage devant la tente, tout habillés. C'était la fuite ou la mort. À la seconde où Marty s'est endormi, ses sphincters se sont relâchés et il a commencé à nous gazer puissance dix mille. Au secours, l'effet de serre ! À force de vibrer, ses fesses vont avoir des ampoules.

Je rajoute quelques bûches sur le feu, presque éteint. Andy est complètement soûl, mais, depuis qu'il a vomi, il a retrouvé une certaine lucidité. Sauf qu'il parle en boucle d'une fille de son école que je n'ai jamais rencontrée. C'est le problème, quand on ne boit pas. Si j'étais soûl, Andy me paraîtrait sûrement moins bête, moins agaçant.

— Il faut que j'oublie Sara, gémit-il en fixant les braises. De toute façon, les couples, ça finit toujours par faire un flop...

Va-t-il enfin me parler de ses parents ? Non. D'une voix pâteuse, il reprend :

— Je devrais me faire ermite.

— Ouais, c'est ça ! Et tu vivrais heureux jusqu'à la fin des temps avec ta main droite.

— Non, sérieux ! proteste Andy. Je me trouverais une île comme celle-ci, avec une petite cabane d'ermite. Je pêcherais. Je mangerais des fruits sauvages. Je chasserais les écureuils.

Il dodeline de la tête.

— Tu n'as pas encore vu la cabane, au fait !

— Non.

— Elle est parfaite. Par-faite. Il faut absolument que tu la voies.

— Je vais y aller. Demain matin, première heure.

— Non ! dit-il, soudain tout à fait réveillé. Maintenant !

— Il fait nuit noire.

— On a des lampes de poche.

Andy agite la sienne d'un air triomphant et saute sur ses pieds.

— On a des lampes de poche, génial ! dis-je pour gagner du temps. Mais attendons plutôt le matin. Marty voudra sûrement venir avec nous.

Andy secoue la tête.

— Marty l'a déjà vue. Je veux y aller maintenant.

— Tu es soûl.

— Et toi, tu es un devin.

Il pousse une clameur et s'éloigne en bondissant entre les pins.

— On fait la course jusqu'à la cabane !

— Andy, arrête ! Tu es dément.

Sa lampe de poche danse entre les arbres, de plus en plus loin. J'entends craquer des branches mortes. Les bruits s'estompent à mesure qu'il s'éloigne en titubant dans les fourrés. Puis plus rien.

Je me pelotonne dans mon sac de couchage, m'attendant à voir Andy réapparaître d'une seconde à l'autre. Mais il ne revient pas. Est-il tombé ? S'est-il fracassé la tête sur les rochers ? Et s'il avait dégringolé d'une falaise, à l'autre bout de l'île, et était en train de se noyer ? S'il meurt et que je sois resté ici, ce sera de ma faute.

Andy, tu fais chier !

Je ramasse ma lampe de poche et je pars à sa recherche dans les bois. Cette île est toute petite, n'est-ce pas ? Je ne risque pas de me perdre. Ni de tomber sur un ours, ou sur un ermite psychopathe armé une tronçonneuse. Enfin, j'espère.

J'ai toujours été très doué pour me faire peur tout seul. Là, je n'ai même pas besoin de me forcer. En levant les yeux, j'aperçois des étoiles éparses, mais aucune lumière ne pénètre dans le sous-bois. Le faisceau de ma lampe de poche fait comme un trou dans la nuit d'encre. Il éclaire des arbres tombés, les racines à l'air. La plupart sont pourris, couverts de mousse et d'aiguilles de pin.

Sur la droite, j'aperçois une créature. Je braque ma lampe dans sa direction. Rien. C'était juste une ombre. Je suis entouré d'ombres.

Je me déplace lentement. Le tapis d'aiguilles dissimule des crevasses dans le sol. C'est un coup à se tordre la cheville. Andy est fou de s'être aventuré ici en pleine nuit.

– Andy ?

Silence.

Où est-il ? Pourquoi je ne vois pas la lumière de sa lampe ?

J'ai sûrement tort de m'inquiéter. Il a dû rebrousser chemin. Je parie qu'il est caché derrière un arbre et qu'il va me sauter dessus.

Mon pied se prend dans quelque chose. Je bascule en avant et je me retrouve à plat ventre par terre, la jambe gauche emmêlée dans des barbelés. Le bas de mon jean est déchiré, mais je ne suis pas blessé. À gauche et à droite, je repère un alignement de vieux piquets. Ils soutenaient une clôture effondrée, qui ne tient plus qu'à certains endroits. Servait-elle à empêcher des bêtes d'entrer dans l'enclos, où d'en sortir ?

Je frotte mes vêtements.

— Andy ?

Je promène le faisceau de ma lampe alentour. En face de moi s'ouvre une clairière. Je m'avance avec précaution et sors du couvert des arbres. En fait de clairière, c'est un dépotoir à ciel ouvert. Probablement celle dont les gars m'ont parlé. Des dizaines de sacs poubelles en plastique vert sont empilés à côté de magazines et de journaux moisis, soigneusement attachés ensemble. Il y a aussi une vieille poussette rouillée, des radios et des télés cassées, de vieilles caisses de Coca-Cola. Et, au centre du dépotoir, la fameuse cabane : un assemblage hétéroclite de planches, de contreplaqué et de papier goudronné.

— Andy ?

Je m'approche de la bicoque.

— Andy, je sais que tu te planques. Réponds-moi.

Rien.

— Andy, ce n'est pas drôle.

La cabane a une porte en grillage déchirée. Elle est sortie de ses gonds et son cadre est tout écaillé. Je braque ma lampe de poche à l'intérieur et je vois Andy, accroupi dans un coin, à côté d'une paire de vieux bidons de peinture.

— Trouvé !

Il ne bronche pas. Les yeux écarquillés, il fixe quelque chose derrière moi.

— Andy ?

Un faisceau de lumière me frappe le dos, projetant mon ombre sur le mur de la cabane.

— Lâche ta lampe, gamin ! gronde une voix. Tourne-toi lentement, que je te voie.

J'obéis et je découvre la silhouette colossale d'un inconnu coiffé d'un casque de mineur. Je plisse les yeux.

Le type braque le canon d'un fusil calibre 12 sur ma tête.

10

L'homme à la carabine a une soixantaine d'années. Il porte une veste en flanelle sale sur une salopette encore plus crasseuse, et il est chaussé de bottes. Un couteau de chasse pend à sa ceinture. Il ne s'est pas rasé depuis des jours et, si j'en crois mes narines, il n'a pas dû se laver non plus.

— Vous vous amusez bien, les garçons ?

Seuls en pleine nuit sur une île déserte, en compagnie d'un psychopathe armé. À ton avis ?

— Je t'ai posé une question, dit l'ermite. C'est sympa, comme endroit, pour faire la fête ?

— Non, monsieur.

— Non, monsieur ! Il y a un panneau « Défense d'entrer ». Tu ne sais pas lire ?

— Désolé.

— Désolé ? Ils disent tous ça.

«Ils ? Qui ça, ils ? Et que sont-ils devenus ?»

— Vous êtes seuls, tous les deux ?

— Oui, monsieur.

— Ne mens pas ! Il y a un gros lard qui ronfle dans votre tente.

— Je voulais dire : on n'est que tous les deux, là, maintenant.

Depuis combien de temps ce type nous espionne-t-il ?

— On est juste venus pour s'amuser, plaide Andy. S'il vous plaît, laissez-nous partir. On ne dira à personne que vous êtes ici.

— Vous me prenez pour un imbécile ?

— Non, c'est vrai. On ne le dira à personne. Et on ne reviendra jamais.

— Ça, c'est sûr ! crache l'ermite. Pas sur vos pieds, en tout cas.

Il nous fait avancer devant lui dans le sous-bois, les mains sur la tête. D'une seconde à l'autre, il peut nous tuer et cacher nos cadavres dans un tronc d'arbre pourri. Qui le saurait ? Mes parents m'ont toujours recommandé de dire à quelqu'un où j'allais. Cette fois, je ne l'ai pas fait. On n'a même pas laissé un mot au chalet. Quelle bande d'abrutis !

Marty crie depuis la plage :

— Andy ! Sammy ! Où vous êtes ?

On arrive justement sur le sable. Marty est au bord de l'eau, en train de pisser. Il se retourne, son machin à la main, voit l'ermite et tombe sur les fesses.

— Balancez-moi vos sacs à dos, ordonne l'homme. Un par un.

Et voilà, il va nous dépouiller avant de nous tuer. On pourrait essayer de se sauver en courant... Non, impossible : Andy et Marty sont trop soûls. Si je détale seul, je suis mort.

L'ermite coince son fusil sous un bras et s'accroupit près de nos sacs. Il prend nos passeports, sort un bloc et un stylo de sa veste et griffonne quelques mots. Puis il se relève et se campe devant nous.

— Vous êtes sur la propriété de la famille Stillman, dit-il. Je suis leur gardien. Avant, des gens comme vous venaient faire la fête ici de temps en temps. À la fin de l'été, c'était deux fois par semaine. Eh bien, la fête est finie ! Cuvez votre alcool et fichez-moi le camp. Si vous êtes encore ici à huit heures du matin, j'appelle les gardes-côtes et la police.

Il agite son arme.

— La prochaine fois, je serai peut-être moins aimable. Vous êtes sur une propriété privée. La loi est de mon côté. Compris ?

Nous hochons la tête.

— Alors, bonne nuit.

Sur ces mots, il disparaît dans les bois.

À l'aube, tout est remballé ; nous sommes prêts à partir. D'habitude, Andy pète le feu le matin. Aujourd'hui, il est assis sur le ponton, la tête basse ; il ne lui manque plus qu'un écriteau « Ne pas déranger » autour du cou. Je ramasse les canettes de bière et les papiers d'emballage qui traînent alentour. Marty étouffe les braises de notre feu de camp en les recouvrant de sable, du bout du pied.

— Gardien, tu parles ! grommelle-t-il. Ce gars n'est pas plus gardien que moi. Qu'est-ce qu'un gardien fabriquerait dans une cabane d'ermite ?

— Qui te dit qu'il venait de la cabane ? Il a peut-être vu notre feu de camp depuis sa maison, sur une île voisine, et il est venu ici en bateau pour nous attraper.

Marty renifle.

— Je le trouve un peu crasseux pour un gardien. Quand on sera rentrés, il faudra le signaler.

— Pourquoi ? Parce qu'il nous a surpris sur une propriété privée ?

— Ben ouais. Pourquoi aurait-il le droit de venir sur cette île, et pas nous ?

— Je ne sais pas, moi… Parce qu'il a un fusil ?

— Ouais, et c'est totalement injuste ! Un malade mental avec un flingue qui terrorise des campeurs innocents…

Marty marque une pause, les mains sur les genoux.

— Je propose qu'on appelle les flics. On n'a qu'à leur laisser un message anonyme.

— Tu crois qu'il ne va pas deviner qui l'a dénoncé ? Il a nos noms et nos adresses.

Marty me toise.

— Tu es un lâche.

— Moi ?

J'éclate de rire.

— Tu t'es pourtant drôlement ratatiné quand tu nous as vus sortir du bois.

— Tu m'as regardé la quéquette ?

— Je ne sais pas. Ça m'a paru petit, pour une zigounette. Même la tienne.

Marty me balance du sable. Je décris des cercles autour de lui en sautillant, hilare.

— J'ai vu une limace, peut-être. Une piqûre de moustique…

— Yo.

Andy est debout, prêt à partir. Marty grimpe dans le bateau en pestant. Je lui emboîte le pas.

Nous nous taisons pendant toute la traversée. Andy conduit lentement. Sa peau est aussi grise que le ciel. Marty s'endort. Je réfléchis. Je pense aux inconnus dans des endroits inconnus, à ce qui s'est passé hier soir… à ce qui aurait pu arriver.

De retour au chalet, nous rangeons les cannes à pêche dans la cabane de jardin, le reste des provisions dans le congélateur, la glacière et la tente dans le garage. Je sors les sacs de couchage avec Marty, tandis qu'Andy s'attarde près de la vieille Chevrolet, le dinosaure que ses parents utilisent pour aller se ravitailler ou voir un film en ville. Je laisse Marty partir devant et je regarde Andy s'affaler sur la banquette arrière. Il se plie comme un accordéon, prend son visage entre ses mains.

— Andy ?

Il lève les yeux, surpris de me voir. Il a les yeux rouges et l'air désespéré.

— Avant, je tenais debout ici, dit-il simplement. Je me rappelle quand papa conduisait… Maman était sur le siège passager, et moi, assis à l'arrière. Je regardais les vaches par la fenêtre en me demandant à quoi elles pouvaient bien penser. Je remontais les vitres pour empêcher la poussière d'entrer. Papa mettait une main sur le genou de maman et, quand on arrivait au chalet, ils partaient faire une sieste. Pendant ce temps, j'allais me promener sur la plage, ramasser des galets, examiner les algues mortes. Rien ne dure.

Il détourne le regard.

— Marty t'a dit pour mes parents ?

— Plus ou moins. Pas vraiment.

— J'étais soûl, sinon, je ne lui en aurais pas parlé. Il ne sait pas tenir sa langue.

Il se force à sourire.

— Ça ne me dérange pas que tu le saches. Mais tu ne le dis à personne, d'accord ?

— Promis.

Andy prend une grande inspiration.

— Mes parents ne sont pas partis en voyage. Ils sont en train de faire une thérapie de couple. Comme si ça pouvait marcher...

Sa voix s'étrangle.

— Au début, j'en voulais à maman de l'espionner. Quel besoin elle avait d'éplucher ses factures de téléphone portable ? D'engager un détective privé ? S'il y avait un problème, elle n'avait qu'à faire semblant. Continuer comme si de rien n'était...

— Andy...

J'hésite.

— S'ils se séparent... Ce sont des choses qui arrivent. Tu t'en remettras.

— Non.

Il secoue la tête.

— C'est pire. Un jour, la semaine de la rentrée, j'ai entendu maman hurler. Elle venait de recevoir les résultats d'analyses du labo. Mon père, cet homme parfait, lui a refilé une MTS.

Andy se recroqueville au centre de la banquette.

— Il a attrapé ça au *Paradise Club* de Buffalo. Il ne sait même pas avec quelle prostituée.

Il se balance d'avant en arrière.

— Andy…

Je voudrais lui parler, mais je ne sais pas par où commencer.

— Je ne sais pas exactement ce qui va se passer, reprend-il. Où je vais habiter. Je ne connais même pas mon père. Je veux dire, c'est qui, ce gars ?

Marty se débat avec les trois sacs de couchage et les matelas pneumatiques.

— Merci pour votre aide ! nous crie-t-il.

Je lève une main. Il comprend ce qui se passe et pose tout par terre. Nous restons immobiles, sans parler.

Andy s'essuie les yeux avec sa manche. Il étend les jambes, mais reste assis, le dos voûté, à l'extrémité de la banquette :

— Les gars… Ça vous dérange si on rentre à la maison ?

En un clin d'œil, nous sommes de retour à la marina. Comme on est allés au Canada, on est censés passer au bureau de l'immigration. Andy élude le problème.

— Pour quoi faire ? Personne ne peut savoir qu'on a quitté le chalet.

Nous roulons dans la campagne sans parler, la musique à fond. Andy frappe le volant, tel un batteur ; à côté de lui, Marty gratte sauvagement une guitare imaginaire. Je m'allonge à l'arrière et je fais semblant de dormir. En fait, je pense au père d'Andy. Et au mien.

J'imagine papa à ses fameuses conférences sur la sécurité. Que fait-il dans ces villes, tard le soir, loin de chez lui, incognito ? Et ce week-end, à Toronto ? Pourquoi n'a-t-il pas voulu que j'assiste seul aux matches ? J'ai quasiment seize ans ! Et pourquoi a-t-il refusé que maman nous accompagne ? C'était quoi, le problème ?

Une pensée m'emplit d'effroi. Papa est-il comme le père d'Andy ? Est-ce qu'il trompe maman ? Est-ce pour cela qu'elle était aussi furieuse ? A-t-elle deviné ?

J'imagine mon père se glissant furtivement dans un bar, s'installant dans un coin sombre et retirant son alliance. Je le vois appeler une agence d'escortes depuis sa chambre d'hôtel. À moins que la femme ne participe à sa conférence. L'a-t-il déjà vue ? Ces réunions ne sont-elles qu'un prétexte pour leur permettre de se retrouver ? A-t-elle un mari ? Un fils de mon âge ?

Stop ! Je suis en plein délire. Papa est si vertueux que, s'il avait une érection nocturne, il ne pourrait plus jamais dormir. Il agraferait ses paupières à son front. Sérieux ! Selon lui, toucher le soutien-gorge de Mary Louise Prescott était de la « fornication ».

Puis je me rappelle les paroles de notre imam : « Montrez-moi ce qu'un homme combat, et je vous dirai son péché. »

11

Je suis de retour à la maison en milieu d'après-midi.
Maman fait la sieste. Quand elle entend du bruit au rez-
de-chaussée, elle croit que c'est un cambrioleur et frôle
la crise cardiaque.

— Et alors, ton week-end ? Que s'est-il passé ?

Je hausse les épaules.

— Les parents d'Andy ont dû partir. Si on était restés,
on se serait retrouvés seuls. J'ai dit que vous ne seriez pas
d'accord, papa et toi. Du coup, on est rentrés.

Je retiens mon souffle. Ce n'est pas un mensonge à
100 %, mais ce n'est pas non plus l'entière vérité.

Maman me sourit.

— Je suis fière de toi. Tu as eu le courage de faire un
choix impopulaire. Et tu as des amis fidèles.

Elle me caresse la joue comme si j'étais un petit gamin
et enfonce le clou, histoire de bien me faire culpapiliser.

– Je trouve que vous avez grandi, tous les trois. Ton père et moi n'aurons plus à nous faire autant de souci.

Je descends au sous-sol, déballe mes affaires et m'assieds devant l'ordinateur. Andy et Marty sont déjà en ligne. Marty a raconté à ses parents que nous étions partis parce que la fosse septique des Johnson refoulait. Merveilleux… Andy regrette d'avoir craqué et d'être rentré si tôt. Maintenant, il est seul chez lui et il s'angoisse avec devinez quoi.

– Vous ne voulez pas venir me tenir compagnie ? Piquer une tête dans la piscine ? Le chauffage fonctionne, l'eau est bonne. On pourrait aller voir un film, après.

J'enfile mon maillot de bain sous mon pantalon et je prends une serviette au passage. Piquer une tête, je ne demande pas mieux. Si seulement ce fichu serpent voulait bien arrêter de me siffler à l'oreille que mon père a une liaison… « Ses factures de portable. Tu pourrais essayer de voir s'il téléphone à une inconnue, à Toronto…

– N'importe quoi. Je n'en trouverai aucune.

– Pourquoi ne pas en avoir le cœur net ? »

Je retourne à l'ordi. Papa reçoit ses factures de téléphone par courriel. Les consulter est un jeu d'enfant. Il y a quelque temps, il nous a appelés dans son bureau, maman et moi, pour nous montrer des photos que M. Ibrahim – un de ses amis de la mosquée – a faites pendant son voyage à La Mecque. Je l'ai regardé taper son identifiant : Arman158 (son prénom et le numéro de notre maison), puis son mot de passe : NAREHET (l'anagramme de Téhéran, la ville où il est né).

La boîte de réception de papa contient des milliers de messages. Un peu comme la mienne, mais chez moi c'est fait exprès. Si jamais papa fourrait son nez dans ma messagerie, il n'aurait aucune chance de retrouver les liens vers les vidéos dégueu que m'envoient Andy et Marty.

Le serpent ondule en moi.

« Est-ce que ton père fait pareil ? Est-ce qu'il essaie de conserver certaines choses, tout en les dissimulant ?

— Non. Ce n'est pas parce que je suis un hypocrite que papa l'est aussi. »

Je veux arrêter, me déconnecter, mais mes doigts refusent de m'obéir. Ils tapent *AT&T*[1] dans la fenêtre de recherche. Les factures de téléphone de papa apparaissent. Je les parcours, à la recherche de l'indicatif de Toronto. Qu'Allah me pardonne. Espionner son père, c'est mal.

« Non, ce n'est pas mal. Tu fais ça pour protéger ta mère.

— Comment ? En partant du principe que papa la trompe ?

— S'il est innocent, où est le problème ? »

---

1. Une entreprise de télécommunications.

— Le problème, c'est que je le déshonore !

— Qui le saura ?

— Moi. Je le saurai.

— Tu as le droit de savoir. »

Sauf que je ne saurai rien. Si la femme n'habite pas à Toronto — elle est peut-être venue en avion pour assister à la conférence —, elle peut habiter n'importe où. Dans ce cas, tout appel interurbain sur la facture sera potentiellement suspect. Et si papa et sa maîtresse se contentent d'échanger des courriels ? Comment identifier leurs messages parmi les milliers que contient la boîte de réception ?

« Exact. En plus, ton père a peut-être un compte de messagerie secret. Ou alors ils communiquent par chat... »

AAAH ! J'ai envie d'arracher ce serpent de ma tête. Mais il frappe le premier.

Trois numéros de téléphone à Toronto me sautent à la figure. L'un d'eux appartient-il à la petite amie de papa ? En les recopiant, j'ai envie de me donner des claques sur la gueule. Pourquoi a-t-il fallu que je fouine ? J'aurais pu adopter la politique de l'autruche, faire comme si de rien n'était. Maintenant, c'est trop tard. Je suis obligé de chercher à qui sont ces numéros, ou je vais devenir fou.

Je ne peux pas appeler d'ici : c'est papa qui paie ma note de portable ; s'il lui prend l'envie de consulter mes relevés, je suis cuit. Je ne peux pas non plus emprunter le portable de Marty ou d'Andy sans me justifier. Pas question de partager mes soupçons avec eux.

Un instant plus tard, j'ai trouvé la solution. Ce soir, quand je serai au cinéma avec les gars, je m'éclipserai pendant les bandes-annonces pour aller composer ces numéros sur la cabine téléphonique, dans le hall.

Je mets l'ordinateur en veille, récupère ma serviette de bain et monte l'escalier quatre à quatre.

— Je vais me baigner chez Andy !

— Super ! me crie maman depuis le salon.

Elle se mouche bruyamment. Je parie qu'elle est encore en train de regarder un film triste.

Quand je sors de la maison, il me vient une idée. Il y a probablement un dossier sur la conférence de Toronto dans l'ordinateur de papa. Un dossier contenant des adresses et des numéros de téléphone d'hôtels à Toronto, des contacts. Si mes numéros mystérieux y figurent aussi, cela voudra dire qu'ils sont officiels, et je pourrai me détendre. Enfin, plus ou moins...

Je claque la porte pour faire croire que je suis parti, puis je me dirige à pas feutrés vers le bureau de papa. Si maman me surprend devant l'ordinateur, qu'est-ce que je lui dirai ? « Sauve-toi ! me commande mon cerveau. Arrête tout de suite ! Fais demi-tour. Va chez Andy. » Je voudrais bien, mais c'est le serpent qui tire les ficelles ; il me commande comme une marionnette.

L'instant d'après, je suis dans le bureau de papa et j'ai refermé la porte derrière moi. Je m'avance sur la pointe des pieds jusqu'à son bureau. Il y a des tapis sur le sol, mais chacun de mes pas me fait l'effet d'un tremblement de terre. Mon cœur bat si fort que je crains de devenir sourd.

Je mémorise l'emplacement de la chaise de papa, afin de pouvoir la remettre exactement au même endroit. Je m'assois. À gauche de l'ordinateur trône une petite photo de mon père et moi. Elle est sous verre, dans un cadre métallique. J'ai environ six ans et je suis debout sur ses genoux, la tête inclinée repose contre sa joue. Sa barbe me chatouille. Nous rions.

Cette image appartient à un autre monde.

J'effleure le clavier de papa. L'écran s'allume.

Je clique sur *Documents*, puis sur un dossier intitulé *Conférences : automne-hiver*. Il contient trois fichiers : *Toronto, 19-22 septembre* ; *Dallas, 10-14 décembre* ; et *Washington, 2-6 février*.

J'ouvre le PDF de Toronto et consulte le sommaire. Puis je fais défiler la page des hôtels. Presque en haut : *Holiday Inn, 370 King Street Wast. Téléphone : 416-599-4000*. L'un des trois numéros de la facture ! Je parie que papa a appelé pour s'assurer d'avoir une chambre non-fumeur.

Sur la page des organisateurs, je repère le deuxième numéro. C'est celui du président du comité d'organisation.

Il n'en reste plus qu'un. Peut-être celui d'un directeur de séminaire ? Je récupère leurs noms dans les pages répertoire du PDF et les cherche dans la liste des contacts. Rien.

Et alors ? Peut-être que papa a prévu un dîner avec un collègue ? Je vérifie son agenda électronique. Effectivement, il a plusieurs rendez-vous avec des professeurs (tous des hommes), sans doute des chercheurs comme lui. Après chaque nom figure un numéro de téléphone. Aucun ne correspond à mon troisième numéro.

« Et alors ? Ça ne veut rien dire. »

Soudain, je remarque un truc bizarre dans l'emploi du temps du dimanche. Je compare l'agenda de papa au programme officiel. Le même problème apparaît aux deux endroits : à 18 heures, le dimanche, les organisateurs ont prévu un cocktail, puis un souper au restaurant de la tour du CN. L'invité de marque est le Dr Augustus Brandt, qui doit faire un discours.

Augustus Brandt – Auggie – est le conférencier que papa est censé remplacer le samedi – ce soir – , le soir où on aurait dû voir les Jays. Mais l'intervention de Brandt n'est pas prévue ce soir. Elle aura lieu dimanche. Demain.

Je regarde l'emploi du temps de papa pour ce soir. Il a inscrit *Blue Jays* sur son agenda, tandis que le programme officiel indique *Soirée libre*. Le souffle me manque.

Papa nous a menti.

Pourquoi ?

12

Après la baignade, Andy et Marty viennent souper à la maison. Maman aime bien mes copains, et elle a un faible pour Marty. Elle aussi, elle était ronde quand elle était petite. Faire rire d'elle, elle connaît.

Comme Andy a la langue bien pendue, maman ne pense pas à nous interroger sur nos trois événement de la journée. Bientôt, les histoires qu'il lui raconte la font rire aux éclats ; elle a du mal à retrouver son souffle. Moi, je n'entends quasiment rien. J'ai l'impression que mon cerveau est sous l'eau. Je me débats pour refaire surface, mais ce troisième numéro de téléphone me tire vers le fond, comme un sac de ciment.

J'essaie de me convaincre que ce n'est rien. Rien du tout. Quand papa a fui l'Iran, sa grand-mère s'est débrouillée pour le faire entrer au Canada. Il a passé son adolescence à Montréal, où il a rencontré maman.

Il n'a émigré ici, aux États-Unis, qu'après avoir décroché une bourse d'études pour l'Université de New York. Si ça se trouve, papa a simplement téléphoné à un vieux copain qui vit à Toronto. Peut-être ne pouvaient-ils se voir que ce soir...

Le serpent s'agite. « Un ami qui compterait plus pour lui que son propre fils ?

— Non. Mais papa n'a pas souvent l'occasion de voir ses amis canadiens. Moi, il peut m'emmener en voyage n'importe quand.

— Dans ce cas, pourquoi ne te l'a-t-il pas dit ? Et pourquoi ne voudrait-il pas que ses amis rencontrent son fils ?

— Il n'a probablement rien contre. Seulement, les amis parlent du passé. Il a dû penser que je m'ennuierais.

— Il aurait pu te poser la question. Il ne l'a pas fait. Pourquoi ? Et pourquoi a-t-il refusé que ta mère l'accompagne ? Elle doit connaître ses anciens amis, elle aussi. Et pourquoi le match des Jays figure-t-il toujours sur son agenda ?

— Qui sait ? Il a peut-être proposé à son ami d'assister au match avec nous, puis il s'est aperçu qu'il ne pouvait avoir que deux billets. Il a voulu sauver la face.

— En te mettant hors jeu ? Allons, Sami, ouvre les yeux. Soit ton père a une liaison, soit il ne t'aime pas.

— Il m'aime.

— Quand te l'a-t-il dit pour la dernière fois ?

— Il n'a pas besoin de le dire.

— Alors, quand l'as-tu senti pour la dernière fois ? Ce voyage père-fils était l'idée de ta mère, pas la sienne. Tu le sais parfaitement. Tu l'embarrasses. Tu ne respectes pas ses règles. Tu te moques de lui. Tu l'espionnes. Quel genre de fils es-tu ? Ce n'est pas étonnant qu'il te déteste. »

Après le souper, nous allons au ciné. Le multiplexe est plein à craquer. Pour notre film, il ne reste trois places contiguës qu'au premier rang. Nul. Ou alors deux strapontins acceptables, le long de l'allée. Je suggère à Andy et Marty de s'y asseoir.

— Échasses a besoin de place pour caser ses jambes.

Je fais un clin d'œil à Marty avant d'aller m'installer quelques rangées derrière eux.

Une fois seul, je commence à douter. Est-ce que je vais vraiment appeler ce troisième numéro ? Dans quoi je m'embarque ? Je devrais laisser tomber.

Plus j'essaie de me distraire, plus cette pensée m'obsède. C'est comme une démangeaison irrésistible.

J'annonce aux gars que je vais chercher du *popcorn* et je prends leurs commandes, pour éviter qu'ils m'accompagnent. S'ils me voyaient téléphoner de la cabine, ils se demanderaient ce que je fabrique, pourquoi je n'utilise pas mon portable.

En sortant de la salle, je relève mon capuchon. Drôle de réflexe. Quoi de plus naturel que de passer un coup de fil ? Personne n'y verra rien de suspect. Pourtant, j'ai l'impression qu'une enseigne au néon clignote au-dessus de ma tête : *Traître / Fils infidèle.*

Les téléphones sont disposés autour d'une colonne, non loin des toilettes. Je décris un grand arc de cercle et jette mon dévolu sur le poste le plus reculé, à l'abri des caméras de surveillance qui trônent au-dessus de la billetterie. Est-ce que les espions deviennent paranoïaques, comme moi ?

J'ai beau connaître le numéro par cœur, je sors quand même le papier de ma poche pour le relire.

J'appuie sur les touches et l'appareil me réclame de l'argent. Heureusement, en garçon prévoyant, j'ai emporté ma tirelire dans mon sac à dos. J'introduis dans la fente plusieurs pièces de 25 cents, la totalité de mes économies.

Le téléphone sonne. Mes tempes me brûlent. J'ai les mains qui tremblent. D'une seconde à l'autre, je risque d'entendre la voix de la maîtresse de mon père. Qu'est-ce que je lui dis si elle répond ?

Paniqué, je raccroche. La monnaie dégringole. Je la récupère. Deux pièces tombent par terre. Je les ramasse et je m'efforce de retrouver mon calme.

Si une femme répond, je demanderai à parler à M. Sabiri. Si je tombe sur un homme (un mari jaloux ?), je m'excuserai, prétexterai que j'ai fait un mauvais numéro. Si sa copine appelle papa pour qu'il vienne au bout du fil, je raccrocherai.

Je recompose le numéro. J'introduis les pièces. Ça sonne. Je raccroche.

Quel bébé !

Maintenant, je suis obligé d'attendre un moment avant de rappeler. Si quelqu'un répond, il sera agacé de s'être déplacé deux fois pour rien. Je rebrousse chemin en rasant les murs pour rejoindre la queue devant le stand du *pop-corn*.

J'apporte leurs boissons et leurs friandises à Andy et Marty, qui regardent les bandes-annonces. Je leur chuchote : « Je vais aux toilettes » – comme si ça pouvait les intéresser – et je retourne dans le hall en courant. Un homme parle au téléphone. Il s'éternise. Tant pis. Je ferai une nouvelle tentative plus tard.

Je m'éclipse à deux reprises pendant le film, mais chaque fois il y a du monde près des cabines. Quand le film se termine, le hall et les couloirs sont bondés. Je n'ai d'autre choix que de dériver avec le flot des spectateurs qui quittent le cinéma.

Le dimanche matin, maman m'emmène à Rochester assister à un truc de charité à la mosquée. Pendant qu'elle discute avec d'autres fidèles près du buffet, au sous-sol, je monte discrètement au rez-de-chaussée. Le hall est désert. Je me dirige vers les téléphones, à droite de l'entrée réservée aux hommes. Je compose le numéro, j'introduis les pièces et je serre le combiné très fort pour me donner du courage.

Après deux sonneries, une voix de femme jeune et pleine d'entrain résonne dans l'appareil : «Il n'y a personne pour l'instant. Vous savez ce qu'il vous reste à faire.» *Biip.*

Je raccroche et je file aux toilettes m'asperger le visage d'eau glacée.

La voix dans ma tête refuse de se taire : «Vous savez ce qu'il vous reste à faire.» Elle est de plus en plus forte et répète en boucle : «Vous savez ce qu'il vous reste à faire. Vous savez ce qu'il vous reste à faire.»

Le problème, justement, c'est que je n'en sais rien.

13

Le lundi matin, je vais à l'école à vélo. J'ai l'impression que des siècles se sont écoulés depuis vendredi dernier. Eddy-Trois n'est pas dans le même état d'esprit que moi, loin s'en faut. Avec cinq de ses copains de l'équipe de football, il m'attend devant la grille de l'Académie, à l'extérieur. Deux types sont assis dans sa BMW ; les trois autres, dans la Hummer de Mark Greeley. Je fais celui qui ne remarque rien et je les dépasse pour prendre le sentier Roosevelt.

La bande démarre à ma suite, Eddy en tête. Il ne fait pas rugir son moteur, il ne klaxonne pas, ne prononce pas un mot. Il se contente de ronronner derrière moi, à quelques mètres de ma roue. Quand j'accélère, il accélère. Si je ralentis, il ralentit aussi. À mi-chemin, il me double et freine à ma hauteur.

— Yo, bicot, quoi de neuf ? me lance-t-il par sa vitre ouverte. Je t'avais dit que je t'attendrais. Pourquoi t'as disparu ?

Je pédale plus vite.

— Tu chies dans tes culottes, ma poulette ?

Ses copains font des bruits de basse-cour. Eddy m'oblige à me coller au trottoir. Qu'il essaie de me faire quitter la route, si ça l'amuse. Si je me casse la figure, mon vélo éraflera sa carrosserie rutilante.

Eddy le sait parfaitement. Il accélère, me dépasse et freine. Je me retrouve pris en sandwich entre sa BMW et la Hummer. La bande se déverse des voitures. J'essaie de leur échapper, mais je suis cerné. Je m'arrête.

— Qu'est-ce que vous voulez ?

— Devine.

Eddy me pousse violemment. Je tombe en avant, empêtré dans mon vélo. Il piétine les rayons de ma roue avant. Je me dégage tant bien que mal, mais il me repousse en arrière. En un bond, il est au-dessus de moi et plaque mes mains au sol. La bande nous encercle.

— Pour mémoire, bicot…, dit-il. Quand tu verras enfin McGregor… Je ne t'ai jamais rien dit au cours d'histoire. Tu m'as insulté sans raison. Pigé ? Et d'ailleurs…

Avant de finir sa phrase, il me balance un coup de pied dans le ventre.

— … la prochaine fois que je te dirai de venir nous retrouver, moi et mes gars, tu viendras.

— Harrison !

C'est M. Bernstein. Il a arrêté sa Corolla à notre hauteur.

Eddy s'écarte précipitamment. Ses acolytes battent en retraite. Je me relève.

— Que se passe-t-il ? demande notre prof d'histoire.

Je frotte mon pantalon.

— Rien, monsieur. Je suis tombé de vélo. Ils m'aident.

M. Bernstein n'est pas dupe.

— Six contre un, Harrison ! fait-il en secouant la tête avec une moue dégoûtée.

— Je croyais que vous aimiez ça… voir des types les uns sur les autres, marmonne Eddy.

La bande ricane. M. Bernstein fait la sourde oreille.

— Une agression dans l'enceinte de l'école… Préparez-vous à rendre des comptes au directeur adjoint.

— Ah ouais ? Puisque Sabiri vous dit que tout va bien… De toute façon, on se soutiendra tous, ricane Eddy. En plus, mon père est au conseil d'administration de l'Académie. Vous avez vu le nouveau tableau de scores, sur le terrain de football ? Tout le monde sait qui l'a payé. Alors, vous voyez, monsieur, à votre place, je ferais attention. Mon père s'est renseigné sur votre compte. Si vous inventez une histoire, on en fera autant.

— Ces menaces ne m'impressionnent pas, rétorque sèchement M. Bernstein. Maintenant, circulez !

Eddy et sa bande remontent en voiture.

— Ça se paiera ! grommelle Eddy.

Je ne sais pas à qui ce message s'adresse : moi, ou M. Bernstein. Eddy s'affale sur son siège. Les moteurs ronflent et la bande s'éclipse.

M. Bernstein me pose une main sur l'épaule.

— Tu es sûr que ça va ?

Je hoche la tête.

— C'est dur, hein ? me dit-il doucement.

— Quoi ?

— Les noms… tout le reste.

Il me fait un sourire ironique.

— J'ai grandi dans l'Utah.

Pendant une seconde, on est sur la même planète. Je lui souris à mon tour.

— Tu veux que je te dépose en haut de la côte ? Ton vélo est esquinté. On peut le mettre dans mon coffre.

— Ça va aller, merci.

J'ai peur qu'Eddy revienne me régler mon compte, mais j'ai encore plus peur qu'on s'imagine que j'ai besoin de protection — et, accessoirement, qu'on me voie sortir de la voiture de M. Bernstein. Je rougis de honte. J'aime bien M. Bernstein. Pourquoi je me soucie de ce que pensent ces abrutis ?

Après un silence, M. Bernstein reprend :

— J'aimerais que tu dises à M. McGregor ce qui s'est passé.

— Il ne s'est rien passé, monsieur.

— C'est faux. Et tu le sais aussi bien que moi.

Je gratte la terre du bout du pied.

— Monsieur, je sais que vous voulez me rendre service, mais il y a un problème. L'Académie a une politique de tolérance zéro pour les bagarres. Si je parle, je serai exclu, moi aussi. Et mon père me tuera.

M. Bernstein lève une main.

— Cette politique de tolérance zéro ne s'applique pas aux agressions.

— Qui vous dit que c'était une agression ? Vous n'avez rien vu, vous avez simplement deviné. Ce sera ma parole contre celle de six athlètes de l'Académie. Vous imaginez M. McGregor renvoyer un quart de l'équipe de football en plein début de la saison ? Surtout s'ils ont des parents comme Eddy.

M. Bernstein me regarde dans les yeux.

— Sami, si tu te tais, l'administration ne fera rien et je ne pourrai pas t'aider. Mais, si tu parles, Harrison et ses copains recevront un avertissement qui figurera dans leur dossier. Au minimum...

— Ça me fera une belle jambe pour rentrer chez moi à vélo. Ou pour aller au centre commercial. Chaque fois que je me retrouverai seul… Ils se vengeront puissance dix mille. Et à ce moment-là, monsieur, vous ne serez pas là pour m'aider.

Ses yeux s'assombrissent.

— La vie est parfois difficile, Sami. Mais se cacher n'arrange rien, bien au contraire. À la fin, tu auras beau avoir fait ton possible, tu ne pourras pas te cacher de toi-même. Crois-moi.

M. Berstein remonte dans sa voiture et me salue :

— À tout à l'heure, au cours.

Puis il disparaît.

Je monte la côte en poussant mon vélo, que j'attache devant l'école. Je passerais bien par les toilettes, histoire de nettoyer ma main égratignée, d'examiner mes côtes pour voir si j'ai des bleus et de m'éclaircir les idées. Mais Eddy ou un gars de sa bande risquent de me coincer à l'intérieur pour finir ce qu'ils ont commencé.

J'aperçois Mitchell, planté devant son casier. Ses lèvres remuent à toute vitesse.

— Salut, Mitchell !

Il écarte une mèche de son visage et s'exclame :

— Whoa ! Qu'est-ce qui t'est arrivé ?

— C'est Eddy. Tu veux bien surveiller la porte des toilettes, s'il te plaît ? Si tu le vois approcher, tu cries.

Mitchell se dandine d'un pied sur l'autre.

— On a un devoir de maths.

— Et alors ? T'es mon copain ou pas ?

— D'accord, d'accord !

Il se plante devant la fontaine à eau, à mille kilomètres de là, pendant que je vais me nettoyer. Quand je sors des toilettes, il a disparu.

Je suis convoqué au bureau juste après l'hymne national. Le directeur adjoint me fait poireauter pendant deux heures sur un banc, près de l'accueil. Pourtant, il n'a pas l'air débordé. Toutes les vingt minutes, il quitte son sanctuaire pour aller piquer une jasette avec sa secrétaire. Me faire attendre doit lui donner un sentiment d'importance. Eddy vient rôder dans les parages entre deux cours. Le regard mauvais, il me guette par la vitre donnant sur le couloir. Je me sens comme un guppy dans un aquarium de requins. Enfin, au milieu de la deuxième heure, la secrétaire annonce :

— M. McGregor va vous voir.

C'est ça… Comme s'il ne m'avait pas vu toute la matinée.

J'entre dans le bureau. McGregor est en manches de chemise, renversé sur le dossier de sa chaise, les mains jointes derrière la tête. Ça vaut le coup d'œil : l'homme a des seins encore plus proéminents que Marty. Il m'indique d'un hochement de tête la chaise en face de lui. Je m'assois. Il me fixe sans me voir, comme s'il regardait la télé sans le son. Je croise les pieds sous ma chaise, je me tortille un peu et j'évite de fixer les touffes de poils roux qui jaillissent entre les boutons de sa chemise.

— Nous avions rendez-vous vendredi après-midi, Sabiri, me rappelle-t-il.

— J'ai oublié.

— Vous avez oublié.

Le directeur adjoint laisse les mots planer dans l'air.

— Vous étiez au cours quand je vous ai convoqué. Et vous avez oublié ? Dix minutes plus tard, je vous ai appelé depuis les marches de l'escalier. Là aussi, vous avez oublié ?

— Excusez-moi, monsieur. J'étais préoccupé. Sérieux. Je ne vous ai pas entendu. Je suis désolé.

Silence.

— Le respect…, continue M. McGregor. Le respect est la pierre angulaire de la vie dans cet établissement.

Il prend un stylo et tapote son bloc-notes avant d'asséner d'un air docte :

— C'est la pierre angulaire de la vie.

— Oui, monsieur.

— Eddy Harrison m'a dit que vous l'aviez insulté. Est-ce exact ?

— Je ne sais pas. Peut-être.

— Peut-être, ou peut-être pas ?

— Je… Je crois que je l'ai fait.

— Pourquoi ?

— Sans raison.

— Il y a forcément une raison.

— Je ne m'en souviens pas.

McGregor se renfonce dans son siège. Une auréole de transpiration souligne ses seins d'homme.

— Est-ce que vous vous souvenez de ce qui s'est passé ce matin, au moins ?

— Ça dépend. Quoi, ce matin ?

Un silence effrayant s'installe, puis :

— L'Académie a une politique de tolérance zéro vis-à-vis de la violence. En êtes-vous conscient ?

Je me vois déjà renvoyé. Papa, fou de rage. Je chuchote :

— Oui.

— Dans ce cas, vous souhaitez peut-être me dire ce qui s'est passé sur le sentier Roosevelt ?

— R-rien, monsieur.

— Rien ?

— Non, monsieur. Rien.

— Vous ne vous êtes pas battu avec Harrison ?

— Non, monsieur. Pas vraiment. Peu importe ce que raconte M. Bernstein.

— Qui vous dit qu'il m'a parlé ?

McGregor fronce ses sourcils broussailleux.

— Que m'aurait-il dit ?

— Je ne sais pas.

Je me tortille comme un poisson qui vient d'avaler un hameçon.

McGregor m'a ferré ; il mouline tranquillement.

— Harrison prétend que vous rouliez en zigzag sur votre bicyclette, au milieu de la chaussée. Il vous a demandé de vous ranger sur le côté pour les laisser passer, lui et ses amis. Vous avez tourné la tête et insulté sa famille avant d'aller vous écraser contre le trottoir. Quand il s'est précipité pour vous porter secours, vous l'avez accusé d'être responsable de l'accident et de vous avoir agressé. Il est venu me trouver ce matin pour se disculper par avance. La version de Harrison est-elle exacte ?

— Je... J'ai oublié.

— Oublier est une habitude, chez vous, n'est-ce pas, Sabiri ? Un thème récurrent.

Je fixe le tapis.

— Regardez-moi quand je vous parle !

Je lève les yeux.

— Quand M. Bernstein a envoyé Harrison dans mon bureau vendredi, ce dernier s'est présenté immédiatement, dit M. McGregor. Vous, en revanche, vous avez préféré vous enfuir. Aujourd'hui, vous répondez à toutes mes questions par « Je ne sais pas », ou « Je ne me souviens plus ». Votre lâcheté vous dessert, Sabiri.

— Oui, monsieur, je marmonne.

McGregor passe la tête dans le bureau voisin et demande à sa secrétaire d'envoyer chercher Eddy. Pendant que nous attendons Numéro-Trois, il arpente son bureau en me servant un sermon sur l'autorité et la nécessité d'obéir au règlement.

Eddy arrive au moment où la cloche du dîner retentit. McGregor nous oblige à nous serrer la main, puis nous avertit froidement :

— Je ne prendrai pas de sanctions concernant l'incident de ce matin. Mais je saurai m'en souvenir en cas de récidive. D'ici-là, Sabiri, pour vous être enfui, avoir proféré des injures et répondu de façon évasive à mes questions, vous aurez une heure de retenue chaque matin jusqu'à la fin de la semaine, dans les bureaux de l'administration. Harrison, pour la remarque que M. Bernstein a entendue, je vous donne une heure de retenue, à effectuer sur-le-champ.

Nous quittons le bureau du directeur adjoint. Eddy se laisse tomber sur le banc de l'accueil pour faire son heure de retenue.

— Tu me le paieras, me dit-il à voix basse.

— Pourquoi ? Je n'ai rien fait.

— Dis-le au croque-mort.

Après dîner, je retourne tranquillement en classe pendant qu'Eddy finit sa retenue. Mais, juste avant la dernière heure de cours, je le vois venir vers moi dans le couloir. Heureusement, je suis petit et mince. Je réussis à lui échapper en me faufilant dans la foule. J'ai l'impression d'être dans un jeu vidéo : *Académie : la course infernale*.

Arrivé au cours d'histoire, je recommence à respirer. M. Bernstein a changé la disposition de la salle. Il a placé Eddy dans le coin, au fond : en Sibérie. Moi, il m'a fait asseoir au premier rang, près de la porte, afin que je puisse filer rapidement à la fin de l'heure. Il a eu la bonne idée de déplacer aussi les autres élèves. Du coup, personne ne peut le soupçonner d'avoir fait ces modifications pour moi.

En fin de journée, nouvelle trêve. Eddy a un entraînement de football. J'envoie Mitchell en éclaireur pour qu'il me confirme qu'il fait bien ses échauffements. Puis je rentre à la maison en poussant mon vélo, le plus vite possible. En longeant le stade, j'entends Eddy et son équipe scander :

— Sa-*bi*-ri, Sa-*bi*-ri. Sa-*bi*-ri.

Je suis pressé de rentrer chez moi et d'avoir enfin la paix.

Mais, manifestement, je suis trop optimiste.

14

Quand j'arrive en poussant mon vélo, papa est déjà à la maison. La visite du nouveau labo de haute sécurité de Toronto, prévue ce matin, a été annulée. Du coup, il a sauté dans le premier avion. Des paquets-cadeaux trônent dans le salon. Culpabilité, culpabilité...

— Super conférence, super ville ! commente papa. Je t'y emmènerai bientôt.

« C'est ça. Et tu me présenteras ta petite amie, pendant que tu y es. »

— Comment s'est passé ton discours ?

Papa ne cille même pas.

— Très bien, merci. Auggie m'a téléphoné hier soir pour m'assurer qu'il en avait entendu dire le plus grand bien.

— Le docteur Brandt est sorti de l'hôpital ?

Papa me regarde bizarrement.

— Il n'y est jamais allé. Je crois qu'il souffrait de calculs biliaires. Qu'Allah nous en préserve.

Sans blague ? J'ignorais que mon père avait un tel talent de menteur.

— Venez, nous lance-t-il. Ouvrez vos cadeaux.

Il a offert à maman un tas de lotions pour le corps et d'huiles de bain. Abricot, lavande et eucalyptus. Elle nous fait sentir leurs parfums. Ils viennent de France. Vive les boutiques hors taxe !

Je déballe mon paquet et découvre un coton ouaté bleu marine, avec *Toronto* écrit en grosses lettres sur la poitrine.

— Waouh, merci !

Je le mets de côté.

— Tu ne l'essaies pas ?

— Pourquoi. Ce n'est pas comme si j'y étais allé.

— Sami !

Maman me toise sévèrement, l'air de dire : « Ton père vient juste de rentrer et il fait des efforts, alors ne commence pas, d'accord ? »

Je soupire.

— Désolé. Il est vraiment *cool*. Je suis crevé, c'est tout.

J'enfile le coton ouaté et j'essaie de sourire pendant que papa nous bombarde de photos. Il nous prend tous les trois dans toutes les combinaisons possibles, et ne s'arrête que lorsque maman lui signale que le souper est prêt. Il est temps de nous laver et de faire nos prières.

Tout en récitant *maghrib*, je réfléchis : « Comment papa a-t-il appris à mentir aussi bien ? A-t-il eu d'autres occasions de s'exercer ? Et qu'a-t-il fait samedi soir ? »

Je continue à m'interroger pendant le repas, en me régalant d'agneau korma. Alors que je brode sur le thème des trois pseudo-événements du week-end : jeux vidéo vendredi soir, cinéma samedi et révisions dimanche, la sonnette de la porte d'entrée retentit.

Papa se lève et va ouvrir. Maman et moi continuons à manger en spéculant sur l'identité des visiteurs. Je parie pour des Témoins de Jéhovah ; Maman mise sur l'agent immobilier installé plus haut dans la rue. On se trompe tous les deux.

— Je peux vous aider ? demande papa dans l'entrée.

Sa voix est haut perchée. Elle sonne faux.

Deux hommes lui répondent. Leur timbre est grave, sérieux.

— Entrez, entrez ! fait papa. Neda ? Sami ? Nous avons de la visite.

Je me précipite dans le couloir et manque de tomber dans les pommes. Les visiteurs sont des flics. La police municipale. Leur voiture est garée dans l'allée.

— Ne vous inquiétez pas pour vos chaussures, leur dit maman, comme s'ils se souciaient de son intérieur. Excusez-nous pour le désordre.

Papa nous précède au salon. Maman et lui s'assoient côte à côte sur le canapé d'angle et sourient comme s'ils avaient invité des amis du club de golf. Je m'installe sur le côté. Pour me rassurer, j'imagine que je regarde une série télé. Une mauvaise série : en principe, un des flics aurait dû se poster dans le hall, au cas où d'autres malfaiteurs seraient restés à l'étage.

Le plus jeune, maigre et dégingandé, a la pomme d'Adam proéminente. Debout, la main droite posée sur son *holster*, il regarde à la dérobée nos tapis de prière. Son collègue, plus âgé, a une grande cicatrice de brûlure sur la joue gauche ; on dirait qu'il s'est pris un fer à repasser en pleine face. Il s'installe sur le pouf, à quatre-vingt-dix degrés par rapport à son collègue, et sort un bloc-notes.

— Que peut-on faire pour vous ? demande papa.

— Je vous offre un café ? propose maman.

— Non, merci ! répond le balafré. La police de New York nous a demandé de passer chez vous.

Il voit papa prendre la main de maman.

— Détendez-vous. Il n'y a pas de raison de vous inquiéter. Pas encore.

— Pas encore ?

— Ce week-end, votre fils s'est introduit dans une propriété privée, dans la région des Mille-Îles.

— Vous faites erreur, dit papa. Il était ici, avec mon épouse.

Papa regarde maman pour qu'elle confirme ses dires. Maman me fixe, réclamant une explication. J'ouvre machinalement la bouche, et je la referme.

— Vous êtes bien Mohammed Sami Sabiri ? me demande le balafré en levant les yeux de son bloc. Vous êtes ami avec Martin Pratt et Andrew Johnson ?

J'acquiesce. Cette série télé est vraiment pourrie. Je veux changer de chaîne.

Le balafré se tourne vers mes parents.

— Ces noms, accompagnés de ces adresses, ont été relevés par le gardien de la famille Stillman. Les Stillman ne souhaitent pas engager de poursuites, mais ils veulent que l'on cesse de faire la fête sur leurs propriétés, avant que le phénomène ne devienne incontrôlable. Le mois dernier, le gardien a trouvé des canettes de bière, des préservatifs, du matériel de toxicomanes… Nous ne prétendons pas que votre fils soit impliqué dans tout cela…

Il me regarde de nouveau.

— Mais fais attention, compris ?

Le dégingandé hoche la tête à l'intention de papa.

— Un conseil amical : essayer de couvrir son fils est toujours une mauvaise idée.

— Je n'ai pas… Je…

— Ouais, ouais, je sais ! le coupe le flic. Je connais la suite.

Ils nous serrent la main. Papa se laisse tomber sur le canapé comme si on venait de lui arracher les boyaux. J'essaie de parler. Il lève une main sans me regarder.

— Merci de nous avoir accordé votre temps, dit le balafré en partant. Portez-vous bien.

— Oui, merci. Vous aussi, répond maman. Et ne vous inquiétez pas, nous aurons Sami à l'œil.

La porte d'entrée se referme. Maman revient. Elle s'éclaircit la gorge.

— Après que tu as annulé le voyage de Sami à Toronto, il a été invité au chalet des Johnson. Je lui ai donné la permission d'y aller.

Papa fixe le pot-pourri sur la table basse avec une telle intensité que je m'attends à le voir exploser.

— Pourquoi ne m'en as-tu pas parlé ?

— J'aurais dû. Je suis désolée.

— Et ce soir ?

Papa a un air blessé.

— Sami a prétendu qu'il était resté à la maison et qu'il avait fait des jeux vidéo vendredi soir. Pourquoi a-t-il menti ? Pourquoi l'as-tu laissé faire ?

Il se prend la tête entre les mains.

— Mon Dieu. La police à notre porte !

— Papa...

— Assez ! De l'alcool. Des préservatifs. Des drogues. Qu'est-ce que tu as fait ? Depuis combien de temps cela dure-t-il ?

— Papa, il ne s'est rien passé.

— La police ne vient pas chez les gens sans raison.

— Écoute, on est juste allés sur une île. On pensait que ça ne posait pas de problème. Andy et Marty ont bu deux bières, c'est tout. J'ai bu un soda. Les autres trucs, ce n'était pas nous.

— Pourquoi devrais-je te croire ?

— Parce que c'est la vérité.

— Ha !

Papa frappe dans ses mains.

— Tu es interdit de sortie. Je te conduirai moi-même à l'école à neuf heures tous les matins et je viendrai te chercher en sortant du travail. Tu m'attendras à la bibliothèque de l'Académie. Compris ?

— Oui... Mais pour cette semaine... cette semaine...

— Quoi ? Qu'y a-t-il, cette semaine ?

Je me ratatine.

— Cette semaine, est-ce que je pourrai être à l'école à huit heures ?

— Non !

Papa secoue la tête.

— Pas question que tu traînes dans les couloirs ! Tu t'es déjà attiré assez d'ennuis.

— Justement. Je suis obligé d'y être à huit heures. Le directeur adjoint m'a donné des heures de colle.

— Quoi ?

Papa pivote brusquement vers maman.

— Tu étais au courant pour ça aussi ?

J'interviens :

— Non. Je ne lui en ai pas parlé. Et d'ailleurs ce n'est pas de ma faute. Il s'est passé des trucs, mais c'est un malentendu. Eddy Harrison a raconté des mensonges sur mon compte.

— Des mensonges ! hurle papa. Des mensonges, des mensonges, des mensonges ! Il n'y a que ça, avec toi. Des secrets et des mensonges !

— Ça te va bien de dire ça.

Ces mots résonnent dans ma tête. Je ne sais pas si je les ai pensés très fort, ou si je les ai prononcés.

Papa a un mouvement de recul. Sa respiration est lourde. J'ai dû les prononcer.

— Qu'est-ce que tu entends par là ? gronde-t-il.

Si je révèle ce que je sais… ce que j'ai découvert…

Je lorgne vers maman. Elle a peur. Que sait-elle ? Que pense-t-elle ?

— J'ai dit : « Qu'est-ce que tu entends par là ? », répète papa.

Je le fixe dans les yeux.

– Devine.

Une étincelle de peur passe dans son regard.

Puis papa bombe le torse. Je l'entends dire : « Je n'ai pas de fils », et je le vois quitter brusquement la pièce. Maman me considère d'un air perplexe.

Je baisse la tête, penaud. J'ai honte de lui avoir menti, honte d'avoir fait venir les flics… et d'avoir ouvert la porte d'un lieu où nous avons tous peur d'aller.

Alors, je m'enfuis. Je file dans ma chambre, au sous-sol. Je me glisse sous les couvertures et j'enfouis ma tête sous l'oreiller, sans même allumer la lumière.

Mais j'ai beau presser le coussin contre mes oreilles et fermer les yeux de toutes mes forces, le monde refuse de disparaître.

15

Aux alentours de minuit, Andy et Marty m'envoient des textos. Les chanceux ne sont pas privés de sortie. Quand les flics ont débarqué, la mère d'Andy était shootée au Xanax et à la vodka. Elle n'a pas arrêté de répéter au grand maigre qu'il était beau dans son uniforme, et elle a demandé au balafré ce qui lui était arrivé. Apparemment, il aurait reçu de l'acide de batterie dans la figure en essayant de coffrer un gang de voleurs de voitures.

Chez les Pratt, Mister Bulles s'est attaqué aux chevilles de la grande asperge. Après le départ des flics, la mère de Marty a commencé à piquer une crise, jusqu'à ce que son mari lui rappelle qu'au cours de leur dernière année de secondaire, ils s'étaient fait arrêter parce qu'ils s'étaient baignés nus dans une piscine municipale. Après quoi, ils se sont lancés dans une interprétation enjouée de *Thanks for the memories*. Personnellement, j'ai du mal à imaginer mes parents se baignant tout nus. Je crois même que je préférerais être aveugle plutôt que de les voir à poil. Enfin, bref. La vie est *cool* chez les Johnson et chez les Pratt ; chez les Sabiri, c'est l'enfer.

Papa ne m'adresse pas la parole pendant les prières du matin, ni au déjeuner, ni pendant le trajet jusqu'à l'Académie.

Nous arrivons à l'école à huit heures moins dix. M. McGregor raconte à papa que je me suis sauvé alors qu'il m'avait convoqué dans son bureau. Il dit qu'une enquête est en cours sur l'incident du sentier Roosevelt, et qu'il essaiera de ne pas le faire figurer dans mon dossier.

Papa s'excuse pour mon comportement.

— Nous ne l'avons pas élevé ainsi. Merci de nous prévenir s'il est impliqué dans un autre méfait. Mon épouse et moi approuverons toute sanction que vous jugerez adaptée.

J'ai envie de leur hurler qu'ils sont complètement à côté de la plaque, mais à quoi bon ? Eddy peut raconter toutes les salades qu'il veut, son père gobe tout. Le mien ne veut même pas croire la vérité.

— Nous apprécions les efforts que vous faites pour notre fils, dit-il, avec une tête d'enterrement. C'est toujours un choc d'apprendre que son enfant...

Il marque une pause, le temps de retrouver une contenance.

– Nous ferons en sorte qu'il ne vous pose plus de problèmes.

Il essaie de me regarder, mais n'y arrive pas. Il quitte le bureau comme si j'étais mort.

Je survis aux cours du matin. Mais, à peine entré à la cafétéria, je flaire les embrouilles. Eddy et sa bande, installés à leur table, me fixent avec insistance. Pour une fois, je suis content que maman m'ait préparé un repas *halal* ; pas besoin de faire la queue au comptoir, où je serais une cible vivante.

Je me dirige vers le coin reculé qu'affectionne notre bande de *losers* du midi. En général, les gars mangent à toute vitesse, puis filent se réfugier à la bibliothèque avant que les sacs en papier ne se mettent à voler. Aujourd'hui, ils sont tous absents. Il n'y a que Mitchell, le nez dans son livre, qui fait semblant de ne pas me voir.

En arrivant à ma place, je comprends pourquoi. Un message est gravé dans le bois de la table :

SABIRI = ABRUTI

Les mots sont surlignés au marqueur. Pas moyen de les effacer. Ils seront là éternellement.

J'ai envie de vomir. J'ai toujours su qu'on ne m'aimait pas, mais soudain ça devient concret.

Il faut que je sorte d'ici. Tout de suite. Je ne veux pas craquer devant tout le monde.

Je me lève pour partir. Eddy et sa bande se lèvent aussi, avec des sourires de carnassiers. Je me rassois. Ils m'imitent. Je passe le reste de l'heure à essayer d'oublier les mots gravés sous mon dîner, et les gars qui me guettent à l'autre bout de la salle.

Quand la cloche sonne, je traverse la cafétéria comme une fusée et fonce au cours de sciences, avant qu'Eddy puisse m'attraper.

Je n'entends pas un mot du cours de M. Carson. Je me contente de fixer les restes de yaourt accrochés dans sa barbe en me demandant comment je vais rejoindre la salle d'histoire sans me faire coincer.

Je ne sais comment j'y arrive sain et sauf.

Après avoir évoqué les procès des sorcières d'autrefois, M. Bernstein enchaîne sur la chasse aux sorcières de la guerre froide : « une période de terreur, où les innocents étaient brisés comme les coupables ». Il parle du cauchemar d'être accusé à tort. De l'horreur d'être condamné sur de simples présomptions. D'arrestations fondées sur la peur, la rumeur et le mensonge.

Cela me fait penser à toutes les choses qui paraissent vraies, alors qu'elles sont fausses. La famille heureuse d'Andy, par exemple. Ou la mienne. Et aux choses à moitié vraies, sauf que les parties fausses masquent la vérité. Il n'y a qu'à voir le film que mes parents se sont fait sur l'île de l'ermite. Puis je pense à papa. Aux trucs que je sais et à ceux que j'ignore, à mes soupçons...

Soudain, je ne me sens pas bien du tout. Je lève une main.

— Je peux aller aux toilettes ?

M. Bernstein hoche la tête. Alors que je me dirige vers la porte, Eddy demande à sortir aussi.

— Sûrement pas, dit sèchement M. Bernstein.

Je longe le couloir du premier étage pour rejoindre mon refuge secret : un cagibi sous l'escalier, au rez-de-chaussée. Je l'ai montré à papa l'an passé, pendant la journée portes ouvertes, en lui disant que je venais y faire mes prières du midi. C'est une super cachette, bien mieux que les toilettes. D'abord ça ne pue pas. Et ensuite c'est un abri sûr. Les surveillants et les profs n'y entrent jamais. Au printemps dernier, pour voir, j'ai laissé un emballage de Mars chiffonné dans un coin. Il y était encore en juin.

Je pousse les portes en verre de la cage d'escalier et guette un éventuel bruit de pas. Le silence est complet. Parfait. Je m'accroupis et m'introduis dans ma cachette. Je m'adosse contre le mur de briques ; j'étends les jambes sur le sol de granit, jusqu'à ce que mes pieds touchent le dessous des marches.

Je sors mon portable de ma poche et j'envoie un texto à Andy : *AAAH !*

Pas de réponse. Pourtant, pendant les cours, Andy laisse son portable sur vibreur. Il doit être en plein devoir, ou un truc du genre.

Tant pis. Je profite de la paix et du silence. Ici, il n'y a personne pour me guetter. Personne pour me piquer dans le dos, me cracher dessus ou m'insulter. Je suis invisible. Je ferme les yeux. Mes épaules se détendent. Je respire. Lentement. De plus en plus lentement. Je me laisse planer dans mon monde à moi, derrière mes paupières.

Je retourne dans le passé. Je suis dans ma *madrasa*. Papa me sourit en me voyant m'agenouiller devant mon vieux professeur, M. Neriwal, pour réciter mes premiers versets du Coran.

Papa me porte dans ses bras, à moitié endormi. Il me ramène à la maison. Son nez me chatouille la joue.

C'est l'hiver. Je glisse sur la patinoire que papa m'a fabriquée dans le jardin, quand j'avais deux ans. J'ai les pieds chaussés de minuscules patins à glace. Engoncé dans ma combinaison de ski, avec mon écharpe et mon bonnet, je m'agrippe au dossier d'une chaise de cuisine. Papa pousse tout doucement la chaise sur la glace. Je patine en riant, tandis que maman nous filme. Est-ce que je me rappelle vraiment ce moment, ou seulement les films que j'en ai vus plus tard ? Qu'importe. Je voudrais rester ici éternellement. Je suis revenu à l'époque où papa m'aimait, où nous étions heureux.

La cloche me réveille.

Un brouhaha emplit les couloirs. Je m'extirpe de mon cagibi et fonce au premier étage. L'objectif est de rejoindre la salle de M. Bernstein avant qu'il n'enferme mes affaires à l'intérieur.

Je croise Mitchell, qui me lance :

— Eddy te cherche.

— Où ça ?

— Aucune idée.

OK, ce n'est pas le moment de traîner. J'entre en coup de vent dans la salle d'histoire. M. Bernstein est devant le meuble de classement. Je vais récupérer mes affaires à pas de loup. J'espère qu'il va me laisser filer, mais c'est raté.

— Sami, dit-il sans me regarder, la prochaine fois que tu as besoin de te vider la tête, dis-moi que tu es malade, je te ferai un mot. Si tu t'en vas comme ça, j'ai l'air de quoi, moi ?

— Désolé.

— Et, Sami…

Il ferme le meuble et se retourne, une liasse de devoirs à la main.

— Si jamais tu as besoin de parler, je suis là. Tu le sais, n'est-ce pas ?

Je hoche la tête.

— Oui, merci.

Je sors de la classe en traînant les pieds, la tête basse.

Eddy m'attend devant la salle voisine, affalé contre les casiers. Il pointe deux doigts devant ses yeux, puis un index dans ma direction.

— Quoi ?

Je lève le menton et prends le chemin de la bibliothèque. Je me retiens de courir pour ne pas lui montrer que j'ai peur. Mais je marche quand même assez vite, afin de l'obliger à courir s'il veut me rattraper. Il ne ferait pas ça ? Pas avec tous les profs qui traînent dans les parages...

Je résiste à l'envie de me retourner pour voir s'il m'a suivi. « Si tu veux rester entier, aie l'air *cool*. »

Je regarde droit devant moi jusqu'à la bibliothèque. Passé la porte, je choisis une table contre le mur, près de l'accueil. Je sors mes bouquins et je me mets au boulot.

Eddy me guette derrière les portes vitrées. Il rit.

« Fait comme un rat », articule-t-il en silence.

Je ris et lui souffle un baiser. Ça le met en rogne. Je suis pressé de voir sa tête quand papa viendra me chercher. Avoir son chauffeur personnel, c'est sans doute le seul avantage d'être privé de sortie.

Eddy garde ses distances le mercredi et le jeudi. Mais chaque matin, quand papa me dépose, je vois sa BMW garée devant l'Académie. Idem l'après-midi, lorsqu'il vient me récupérer. Papa ne remarque rien : il est trop occupé à se taire.

Le vendredi matin, je trouve une enveloppe glissée dans la fente de mon casier. À l'intérieur, un message :

TU CROIS QUE TON PAPA VA SAUVER TON PETIT CUL ? ON SAIT OÙ TU HABITES.

16

Je passe le week-end cloîtré à la maison. Papa m'a interdit d'inviter quiconque – sous-entendu Marty et Andy. À l'entendre, mes amis sont des suppôts de Satan : « Ils t'ont causé des ennuis depuis le premier jour. »

Quand on y réfléchit, c'est pire que la prison : même les assassins ont le droit de recevoir des visites. Heureusement, papa ne m'a pas confisqué mon portable. Je peux téléphoner aux gars. Je leur lis le message d'Eddy.

– Il essaie juste de t'impressionner, tente de me rassurer Andy. Jamais il ne se pointera chez toi.

Peut-être… N'empêche, le soir, je vérifie que les rideaux du salon sont bien fermés. J'ai peur qu'ils m'épient depuis le terrain de golf.

Le lundi, retour à l'Académie. La course infernale reprend, mais j'ai compris que je ne risquais rien tant que je restais au milieu des gens. Le midi, à la cafétéria, je rejoins ma place d'un pas décidé. J'ai une mission : saboter le travail de gravure d'Eddy.

Mitchell s'est réfugié à l'autre bout de la table pour étudier.

— Je peux m'asseoir avec toi, me dit-il, mais je ne veux pas qu'on pense que je te parle.

— Dans ce cas, tu devrais arrêter de remuer les lèvres quand tu lis.

Un éclair de panique traverse son regard. Il plaque les mains devant sa bouche.

Il est temps de me mettre au travail. Je commence par aligner mes cahiers autour du graffiti SABIRI = ABRUTI, afin que personne ne me voie à l'œuvre — surtout pas M. Carson, qui surveille la cafétéria aujourd'hui. Je sors de mon sac à dos un ciseau à bois emprunté à papa et je commence par relier entre elles les extrémités du S pour le changer en 8.

Mitchell coule un regard dans ma direction.

— Qu'est-ce que tu fabriques ?

— À ton avis ?

La trouille le fait transpirer.

— Arrête. Tu vas nous attirer des ennuis.

— Comment ?

— En détériorant les biens de l'école.

— Lâche-moi. Ils sont déjà détériorés.

Je change le A en triangle.

Mitchell a la bougeotte. On dirait qu'il est shooté au crack.

— Sérieux, Sammy ! Je ne veux pas être renvoyé.

— Tu ne risques rien. Tu es en train d'étudier.

— Ouais. Mais je sais ce que tu fais. On va croire que je suis ton complice.

Je roule les yeux.

— Mitchell, arrête de faire le bébé. Tu n'as qu'à aller t'asseoir ailleurs.

— Mais tout le monde sait que ma place est ici.

Je décide de l'ignorer. Il se lève et s'en va. Bon débarras !

Je relie les deux I, au sommet et à la base, pour encadrer le R. Puis je relie entre elles la base et le sommet des lettres d'ABRUTI, et j'achève de rendre le mot illisible à l'aide d'encoches verticales. Satisfait du résultat, je sors un marqueur et je colorie les nouvelles entailles.

— Je peux savoir ce que tu fais, Sabiri ?

C'est M. Carson, la barbe mouchetée d'œufs mimosa. J'aperçois Mitchell, cinq tables plus loin. Il essaie de se planquer. Je parie que c'est lui qui m'a balancé.

On me conduit chez le directeur adjoint. J'essaie en vain de m'expliquer. M. McGregor vient voir la scène du crime. Il déclare que ce graffiti ne lui évoque pas SABIRI = ABRUTI. Pour lui, c'est du « vandalisme prémédité ».

— Je sais que ça ne ressemble pas à SABIRI = ABRUTI. Je l'ai transformé. C'était le but.

— Pourquoi ne l'avez-vous pas signalé ?

— J'avais honte.

— Pourquoi personne d'autre ne l'a signalé ?

— Pour quoi faire ? Ce n'est pas les autres qui étaient insultés.

Franchement, qui aurait eu intérêt à signaler ce graffiti ? Les profs qui surveillent la cantine ne veulent pas avoir l'air négligent et les employés du ménage ont d'autres chats à fouetter.

J'essaie de prendre Mitchell à témoin, pour qu'il leur dise que je voulais juste faire disparaître mon nom gravé sur la table, mais cet imbécile fait dans ses culottes. Il prétend qu'il n'a jamais rien vu, sauf ce qu'il a rapporté à M. Carson.

— Je vous assure, monsieur, je ne suis pas son complice.

Mais non, Mitchell. Tu n'es pas un complice... Juste une balance.

M. McGregor me colle une retenue jusqu'à la fin de la semaine pour avoir apporté une arme à l'école – le ciseau à bois de papa – et pour avoir détérioré le matériel. J'écope aussi d'un avertissement, noté dans mon dossier scolaire, d'un mot aux parents accompagné d'une facture, et d'une exclusion temporaire.

Papa pique une de ces crises... Depuis son retour de Toronto, il souffre de migraines. Bien sûr, il met ça sur le compte de mes récents démêlés avec McGregor et l'administration. Comme si ça n'avait aucun rapport avec sa maîtresse ? En tout cas, avec cette histoire d'exclusion, il prend des pilules pour ses nerfs surmenés.

— À partir d'aujourd'hui, annonce-t-il, ta mère et moi entrerons à l'improviste dans ta chambre. Nous chercherons de l'alcool, de la drogue, des préservatifs, des armes... Nous ferons tout pour t'empêcher de commettre un nouveau forfait.

Sur ces mots, il prend un marteau, un tournevis, et fait sauter les pentures de ma porte. Je proteste.

— Arrête, papa. Et le respect de ma vie privée...

— Quelle vie privée ? Tu as quelque chose à cacher ?

— Ce n'est pas la question. C'est un droit qui figure dans la Constitution ! Ça, et la liberté.

— La liberté suppose une certaine responsabilité, réplique-t-il en me fusillant du regard. Tu aurais dû y penser avant de trahir notre confiance.

Je lève les bras en signe de découragement.

— Je suis allé à la campagne avec des copains, sans adultes pour nous surveiller. Je me suis promené sur une île abandonnée. J'ai eu tort. Je suis désolé. Mais, pour le reste, je suis innocent.

— Quel escroc avoue sa culpabilité ? rétorque-t-il.

— Papa, écoute... Je peux tout expliquer.

— Je n'en doute pas.

Si ses yeux étaient des poings, il me mettrait KO. Il soulève la porte de ses gonds et va la poser derrière la chaudière.

Je me tourne vers maman.

— Ce n'est pas juste.

Elle lève une main et monte au rez-de-chaussée.

Super. Me voilà en prison.

17

Il est une heure du matin, jeudi soir. Ou plus exactement vendredi matin, mais c'est sans importance. Dans quelques heures, mon exclusion ne sera plus qu'un souvenir. J'en aurai bien profité : jeux vidéo en continu et surf sur le Web. Je devrais me faire renvoyer plus souvent.

Sauf que je me sens légèrement surveillé. Maman a pris des gardes du soir afin de me surveiller pendant la journée. Elle rentre à la maison à onze heures et va directement se coucher. Papa dort déjà. Je pourrais presque faire le mur, mais ils ont changé le code de l'alarme. Si je sors, elle va se déclencher.

Le petit plus, c'est le somnifère de papa. Dès que sa tête touche l'oreiller, il s'endort comme une masse. Alors, une fois maman au lit, je suis libre d'avoir des conversations non censurées avec Andy et Marty, par webcam interposée. Pas de textos, rien que de l'oral. Les gars non plus ne craignent pas d'être surpris. Le père de Marty ronfle si fort que sa mère pourrait dormir sur une piste d'aéroport. Quant à Andy, il est seul à l'étage : son père a officiellement quitté la maison et sa mère est dans les vapes dans la salle de jeu, collée devant *Téléachats*.

Bref, il est une heure du matin et on est tous les trois en ligne. Andy est aussi horrifié que moi par le numéro de Marty, qui montre littéralement son cul à l'écran. Je ne sais pas si je dois rire ou vomir. Je vous parle de cinquante livres de lard marbré, avec deux ou trois boutons gros comme des cerises. Marty agite ses « joues » pour faire parler son postérieur.

— C'est ton père, Sammy ! commente-t-il. Attends… Je crois que je vais éternuer.

La marionnette-fesses lâche un pet sonore.

— Aargh ! Quel porc !

J'agite les mains comme si les effluves arrivaient jusqu'à moi.

Andy nous quitte pour aller faire une pause pipi. Marty et moi attendons son retour en piaffant d'impatience. C'est curieux : nos déboires sur l'île de l'ermite nous ont rapprochés. On est redevenus amis comme avant, sinon plus.

Andy revient précipitamment.

— Sammy ! halète-t-il. J'ai regardé par la fenêtre de la salle de bains. Il y a des inconnus en bas, sur le terrain de golf, de l'autre côté de ta haie !

— Quoi ?

— Ils sont cinq ou six, au moins. Il fait nuit et ils sont habillés en noir, alors c'est difficile à dire exactement.

— Très drôle.

— Sans déconner ! Ils surveillent ta baraque. Je crois qu'ils ont des chiens…

— Andy, si tu essaies de me coller la frousse, arrête tout de suite.

— Mais non ! Je te dis ce que j'ai vu.

Je sens fondre mes entrailles.

— Tu disais qu'Eddy ne viendrait jamais jusqu'ici…

— Ce n'est peut-être pas Eddy.

— Qui d'autre ça pourrait être ?

— J'appelle les flics ? propose Marty.

— Non. Il ne manquerait plus qu'eux.

— On fait quoi, alors ?

— Je vais voir.

— Je te couvre, me dit Andy. Je serai dans les chiottes avec mon portable. Au moindre pépin, j'appelle le 911, que ça te plaise ou non.

— Et moi, je fais quoi ? demande Marty.

— Serre les fesses, lui conseille Andy.

J'éteins la lumière et je me dirige à tâtons vers l'escalier. Je connais par cœur le chemin de la cuisine. À l'étage, il fait nuit noire. Seul le halo du réverbère, devant les maisons, forme une tache de lumière sur le sol du séjour. J'entre dans le salon sur la pointe des pieds, en rasant les murs.

J'imagine soudain Andy et Marty, pliés en deux devant leurs webcams. Si c'est une blague…

Les rideaux de la porte-fenêtre qui donne sur le patio sont fermés.

J'entends un bruit que je n'arrive pas à identifier. Je me fige. Le bruit cesse. J'avance encore, osant à peine respirer. Eddy et sa bande ne feraient pas ça. Ils ne pourraient pas… Quoique… ça leur ressemblerait assez de faire des graffiti sur notre mur…

Je cours vers une porte-fenêtre et je tire brusquement les rideaux.

Rien. Personne.

Je me replie vers la cuisine. Il y a une fenêtre sur ma droite. Je jette un coup d'œil entre les rideaux. Un point rouge apparaît sur le tissu, puis disparaît. Où est-il passé ? Soudain, je me prends le rayon dans l'œil. On dirait un viseur électronique !

Paniqué, je me jette par terre.

— Maman ! Papa ! Au secours !

Je rampe jusqu'à la porte-fenêtre du salon pour fermer les rideaux, quand deux hommes masqués surgissent en bondissant dans mon champ de vision. Ils flanquent des coups de pied dans les serrures. La porte s'ouvre à la volée. Ils entrent en chargeant. L'alarme se déclenche.

Je me relève et fonce dans le couloir en titubant.

— MAMAN ! PAPA !

Au pied de l'escalier, quelqu'un me saisit à bras-le-corps et me tord les bras dans le dos.

Je vois maman en haut des marches. Le faisceau d'une lampe torche est braqué sur elle. Elle hurle. Des hommes accompagnés de chiens se ruent sur elle. Elle court vers la chambre. Deux hommes la rattrapent et la traînent dans le bureau.

— Maman !

Un genou s'abat sur ma nuque.

— FBI. Plus un geste !

Troisième partie

18

La suite n'est qu'un flou d'ombres. De cris. De bruits de bottes. De chiens.

— Le FB…

— J'ai dit : plus un geste !

Le genou me bloque la tête. Il écrabouille mon œil droit et plaque ma joue gauche contre le tapis. J'ai du mal à respirer. Je ne vois rien. Sauf…

Papa, poussé par un colosse qui lui emprisonne la tête de son bras. Des hommes massés autour de lui. Des chiens en position d'attaque.

Papa est encore groggy à cause de son somnifère.

— Qui ? Qu'est-ce que…

Ils le poussent sans ménagement dans l'escalier, puis l'entraînent dehors. Les chiens les suivent en tirant sur leurs laisses.

— Pourquoi ? crie papa avant de disparaître dans la nuit.

Dans le lointain, des sirènes hurlent. Les flics! Andy a dû les appeler.

Et maintenant, des lumières. Des lumières partout. Je cligne des yeux. Une armée de policiers monte et descend l'escalier d'un pas lourd. Ils emportent l'ordinateur de papa. Son numériseur. Le contenu de ses tiroirs. Ses dossiers.

Soudain, je décolle. On me tire par les bras, à me dévisser les épaules. Une main m'empoigne la nuque et m'oblige à baisser la tête sur ma poitrine. On me fait pivoter et on me pousse vers la cuisine, puis dans l'escalier de la cave, jusque dans ma chambre.

Le visage de Marty apparaît sur l'écran de l'ordi. En me voyant, il ouvre des yeux effarés. Quelqu'un tire sur la prise. L'écran s'éteint. Oh, mon Dieu! Ils prennent mon ordinateur.

— Attendez! Ne faites pas ça! Il y a mes devoirs dedans!

« Mes devoirs? » N'importe quoi!

Deux hommes équipés de gants en caoutchouc vident mon bureau. D'autres arrachent mes affiches, éventrent mon matelas.

— Qu'est-ce que vous cherchez?

Des doigts s'enfoncent sous ma clavicule. Je me ratatine sur ma chaise.

On la fait pivoter. Je me retrouve face à un mur nu.

Par la porte ouverte, j'entends du vacarme dans la cuisine, dans le salon et ici, au bout du couloir, dans l'atelier de papa. Le bruit strident d'une perceuse, suivi par un fracas de coups de hache, des craquements sinistres.

Les hommes qui ont saccagé ma chambre sont-ils toujours là? Y a-t-il encore quelqu'un, ou suis-je seul? J'ai envie de me tourner pour voir, mais je n'ose pas bouger.

La fumée écœurante d'un cigare m'emplit les narines. J'entends qu'on traîne par terre mes deux chaises pliantes. La première s'immobilise derrière moi, sur la gauche. On pose brutalement l'autre à ma droite.

Silence.

L'individu présent dans la pièce fixe l'arrière de ma tête. Mon crâne me brûle, comme si les yeux de l'inconnu le transperçaient.

— Que se passe-t-il?

Après un long silence, une voix masculine s'élève sur ma gauche:

— On sait tout, Sami.

J'hésite:

— Comment vous connaissez mon prénom?

— Tu n'as pas écouté, Sami? On sait tout.

En remuant, l'homme à ma droite fait couiner le revêtement plastique de sa chaise.

— Est-ce que tu aimerais nous dire quelque chose?

Je me suis trompé. C'est une femme.

— Si tu nous parles, tout sera beaucoup plus facile, dit-elle.

« Si tu sais tout, pourquoi tu veux que je te parle ? »

— Je peux me retourner ?

— Non.

J'essaie de les imaginer, sans succès. J'ai l'impression d'être dans un cauchemar : j'entends des voix à l'extrémité d'une allée sombre ; quelle que soit la direction dans laquelle je me tourne pour m'enfuir, l'allée s'ouvre devant moi, avec leurs voix au bout. Je demande tout bas :

— Qu'est-ce que vous faites ici ?

— Tu le sais.

— Mais non !

L'homme grogne. Je l'entends se lever et arpenter ma chambre. De temps à autre, il s'arrête. Pourquoi ? Qu'a-t-il repéré ?

— Est-ce que je vais avoir des ennuis ?

— Pas si tu coopères, répond la femme.

— Comment ? Je ne sais même pas ce que vous voulez.

— La vérité, dit l'homme.

Je suppose qu'il est devant ma penderie.

— La vérité sur quoi ?

Le serpent ondule dans mon ventre. J'essaie de ne pas paniquer.

— C'est à cause de Toronto ?

Pourquoi j'ai dit ça ? J'ai envie de me mordre la langue.

— Toronto ? répète l'homme. Qu'est-ce que tu sais au sujet de Toronto ?

— Rien.

— Pourquoi tu en as parlé, alors ?

— C'est sorti tout seul.

— C'est étrange de penser à Toronto.

Il s'assoit :

— C'est curieux de dire ça sans raison.

Je tente de me justifier.

— Pas du tout. C'est que... avec mon père, on devait aller voir les Jays et les Leafs, mais... Attendez, je veux un avocat.

— Pourquoi aurais-tu besoin d'un avocat ? réplique la femme.

— Parce que... J'imagine... Je veux dire, j'ai pensé que...

— Parle-nous, m'encourage-t-elle calmement. Nous ne te voulons pas de mal.

Le serpent se tortille toujours dans mon ventre. Je me lance dans un nouveau monologue intérieur : « C'est clair que tout ça, c'est lié au voyage de ton père à Toronto. À ses mensonges. À son numéro de téléphone secret.

— Pas forcément.

— Parles-en aux flics, tu seras fixé. Si ce n'est pas ce qui les intéresse, qu'est-ce que ça peut faire ?

— Ça fait que je ne veux pas leur donner une mauvaise image de papa.

— Ce n'est pas ton problème. Pourquoi écoper à cause de lui ?

— Parce que c'est mon père !

— Et alors ? Il a peut-être fait quelque chose de grave. Le FBI ne débarque pas chez les gens sans raison.

— Si, ça peut arriver. Ils commettent des erreurs. Comme avec l'ami de papa, M. Ibrahim, qui a été fouillé au corps à l'aéroport à cause d'une erreur sur son nom.

— Qui te dit que c'était une erreur ? Il a peut-être simplement eu de la chance.

— N'importe quoi.

— OK, fais comme tu le sens. Ibrahim était innocent. Ils l'ont laissé partir. Ton père aussi sera libéré s'il n'a rien fait. Comme il le dit lui-même, on n'a pas besoin de vie privée si on n'a rien à cacher.

— Je ne vais pas balancer papa !

— Qui te parle de balancer ? Le FBI sait tout. Ce qu'ils ne savent pas, ils ne tarderont pas à l'apprendre. Avec ou sans toi.

— Arrête ! Laisse-moi tranquille ! »

Malédiction ! J'ai parlé à voix haute.

L'homme réagit au quart de tour.

— Si tu sais quelque chose que tu ne nous dis pas, tu es cuit. Compris ? Si des gens meurent, tu seras complice d'assassinat.

— Quoi ?

Il me serre l'épaule à la broyer.

— Tu m'as bien entendu, Sami. Tu passeras le reste de tes jours en prison.

« Sauve ta peau ! » me crie le serpent.

L'homme fait pivoter ma chaise. Il pose les mains sur mes bras et me colle son nez dans la figure. Son souffle est chaud, les pores de sa peau sont énormes.

— Tu me parles, et tu me parles maintenant ! beugle-t-il. Où est Tariq Hasan ?

— Tariq Hasan ? C'est qui, Tariq Hasan ?

L'homme ne cille même pas.

— Ne fais pas l'imbécile.

Il a une grosse tête, les joues creuses et les cheveux coupés ras. Je devrais trembler, mais je ne peux même pas. Je suis pétrifié.

L'homme lâche mes bras. Il récupère la chaise derrière lui et s'assied à califourchon dessus. Il est plus vieux qu'il en a l'air. Je le devine aux veines qui courent sur le dos de ses mains, à la peau de son menton qui pend. C'est sûrement un type important : il est en costume, alors que les autres flics sont en uniforme.

Il se penche vers moi et reprend d'une voix posée :

— Je t'ai posé une question, Sami. Où est Tariq Hasan ?

— Je ne vois vraiment pas de qui vous parlez. Sérieux.

Ma voix est ténue, juste un souffle.

L'homme tend un bras vers la femme, qui lui passe un dossier. Il le prend sans le regarder, en sort un cliché 16 × 24 cm, qu'il brandit devant mon visage. C'est une photo prise dans la rue. Au centre, on voit un type d'une vingtaine d'années adossé à un mur, entre une fenêtre murée et un petit escalier en béton. Il porte une chemise ample à manches longues qui lui descend à mi-cuisses et un pantalon baggy, retroussé aux chevilles. Il a une petite barbe et une calotte. Un seul de ses pieds est visible, appuyé contre le mur et chaussé d'une sandale ; le jeune homme sourit comme s'il venait d'apercevoir un ami, ou comme s'il se rappelait une blague. À moins que ça soit son expression habituelle.

— C'est lui, Tariq Hasan ?

— Tu le connais sous un autre nom ? me demande la femme.

— Je ne le connais pas du tout.

L'homme me fixe. Il n'a toujours pas cligné des yeux. Je m'étonne que ses globes oculaires ne soient pas encore fendillés. Si ça arrivait, je parie qu'il ne s'en rendrait même pas compte. C'est le genre de robot capable de faire des pompes sur un bras avec un coude explosé. Je me demande s'il a une femme. Des enfants. Je me demande aussi comment il réagirait si des étrangers faisaient irruption chez lui en pleine nuit, séquestraient sa femme dans une pièce, son fils dans la cave, et leur fichait la trouille de leur vie.

Le flic range la photo dans son dossier et en sort une autre.

— Regarde bien.

C'est un gros plan sur le visage de Hasan. Il a le menton levé, on dirait qu'il regarde une fenêtre située en hauteur. Ou peut-être qu'il prend juste le soleil. Des boucles brunes s'échappent de sa calotte.

Il sourit toujours. Si j'avais des dents pareilles, les filles tomberaient comme des mouches.

Je secoue la tête.

— Non. Je ne l'ai jamais vu.

— Vraiment ?

L'intonation du flic me ferait presque douter. J'étudie de nouveau la photo. Je suis sûr que je n'ai jamais vu ce type. Sûr et certain. Mais je l'ai peut-être rencontré sans le savoir. Il se peut que je l'aie aperçu à la mosquée, un truc dans le genre. Ou alors il travaille au labo de papa et je l'ai croisé dans un couloir, à l'occasion d'une de ces journées débiles sur le thème « Emmenez vos enfants au bureau ».

J'avale péniblement ma salive.

— Non, je crois que je ne l'ai jamais vu.

L'homme passe la langue derrière ses dents, comme s'il avait un truc coincé entre les molaires.

— Tu crois que tu ne l'as jamais vu…

Est-ce que je devrais mentir ? Qu'est-ce que je peux dire pour qu'ils partent et nous fichent la paix ?

— Il est peut-être venu chez vous ? suggère la femme.

Je me tourne et la vois pour la première fois. Tailleur-pantalon. Bagues. Chaussures plates. Joues tombantes. Un casque de cheveux noirs laqués.

— Non, dis-je. Honnêtement. Il n'est jamais venu ici.

Pourquoi refuse-t-elle de me croire ? Je l'interroge :

— Qu'est-ce qu'il a fait, Hasan ?

— Ce qui nous intéresse, ce n'est pas ce qu'il a fait. C'est ce qu'il s'apprête à faire.

— C'est-à-dire ?

Ils me regardent d'un air glacial. Je continue d'une petite voix :

— C'est à cause de Toronto ?

Pas de réponse. J'ai fait mouche.

Je prends une grande inspiration et je me jette à l'eau :

— OK, papa est allé à une conférence sur la sécurité à Toronto. Mais ça, vous le savez déjà, non ? Ce que vous ne savez pas, c'est qu'il était censé m'emmener avec lui. Il a changé d'avis à cause d'une femme. Je crois qu'il a une liaison. Mais je n'en suis pas sûr à 100 %. En plus, ces histoires, c'est entre papa et maman. Ça ne regarde personne d'autre. Et, même si c'était vrai, papa n'a rien à voir avec ce Tariq Hasan, avec le fait que des gens soient tués, ni rien. Tout ça, c'est un gros malentendu.

L'homme étire les bras. Il sent la transpiration. Il fouille dans son dossier et me tend trois nouvelles photos.

Sur la première, je reconnais Hasan. Son sourire a disparu. Il a l'air furieux.

Sur la photo du milieu, Hasan, l'air méfiant, serre la main d'un homme qui tourne le dos à l'objectif.

Sur la dernière, on voit l'homme de face. Il a une expression sévère.

C'est papa.

19

Les agents me cuisinent pendant une éternité. Ils m'interrogent sur papa, son travail, ses connaissances, ses habitudes... Je les entends à peine. Mon cerveau est resté bloqué sur la dernière photo. Pour donner le change, je leur réponds des trucs du genre : « Ouais, on voit mon père serrer la main d'un type, et alors ? De quoi vous l'accusez ? »

Haleine de cigare et Cheveux laqués ne me répondent pas. Ils se contentent de me mitrailler de nouvelles questions, chacun son tour. J'ai l'impression d'être la cible dans un stand de tir.

Et soudain, l'angoisse : ont-ils emmené maman aussi ? Comment vais-je la retrouver une fois que les agents seront partis ? Et papa ? Et si... Non, pas ça ! Ce serait le pire des cauchemars. Je prends les devants :

— Nous sommes des Américains. Maman et papa...
Vous ne pouvez pas les mettre dans un avion. Vous ne
pouvez pas les renvoyer dans leur pays... Ils seraient
torturés.

— Réponds à la question ! hurle Haleine de cigare.

— Laquelle ?

— Sur le labo. Qu'est-ce que ton père a rapporté du
labo ?

— Rien. Comment je le saurais ?

— Tu vis ici. Tu vois des choses.

— Non.

— Réponds !

— Répondez-moi d'abord : où est papa ? Où est
maman ? Qu'est-ce que vous leur avez fait ?

Brusquement, ma vue se trouble. Je ne vois plus rien.
Je n'entends plus rien, je n'arrive plus à penser. Je veux
me lever, mais mes jambes refusent de m'obéir. Plus rien
ne fonctionne ; je suis désespéré. Peu après, je prends
conscience du silence. Les questions ont cessé de pleuvoir.
La femme a posé une main sur le bras de l'homme et ils
me dévisagent, attendant que j'arrête de sangloter.

— On sait que tu es un bon garçon, Sami, dit la
femme. Un bon fils.

« Un bon fils, tu parles ! »

— Tu ferais n'importe quoi pour ton père, n'est-ce pas ?
Elle me regarde me balancer d'avant en arrière.

— Il a de gros problèmes. Le meilleur moyen de l'aider, c'est de nous parler.

— Mais je ne sais rien. Je ne me… Je…

Ma voix s'étrangle.

L'homme reçoit un texto sur son Blackberry. Il répond, fait craquer ses articulations et sa nuque.

— On a terminé.

La femme me tend une carte de visite : *FBI, 9ᵉ unité*, suivi d'un numéro de téléphone et d'une adresse de courrier électronique.

— Ta mère attend à l'étage, me dit-elle tranquillement. Si jamais tu te rappelais une chose bizarre dans le comportement de ton père ces dernières semaines, même un détail, contacte-nous.

Les agents m'obligent à me lever et m'escortent au rez-de-chaussée.

On dirait qu'une bombe a explosé dans la cuisine. Les tiroirs sont par terre, les torchons et les couverts éparpillés. Les portes des placards, du four et du frigo sont ouvertes. Tous les produits emballés ont disparu : les cartons de jus de fruit et de lait, les boîtes de conserve, les petits pots d'épices. Pourquoi ?

Maman est assise dans le salon, en compagnie de quatre agents qui attendent leurs collègues. Les tapis sont arrachés, les meubles renversés. Elle s'élance vers moi, les bras ouverts. Je me retiens de courir aussi, mais c'est plus fort que moi. Je me précipite dans ses bras ; elle me serre contre sa poitrine.

Peut-être que les agents disent quelque chose en partant. Peut-être pas. J'entends seulement le cœur de maman et le froissement de sa robe de chambre contre mon oreille. Quand elle relâche son étreinte, nous sommes seuls.

— Ça va ? me demande-t-elle.

Je hoche la tête en frissonnant.

Elle me pose sur les épaules la couverture en mohair dans laquelle elle s'enroule habituellement pour lire et m'installe sur le canapé d'angle.

— Reste assis, je dois passer des coups de fil. Ne va pas au fond de la pièce. Il y a du verre brisé.

Je coule un regard vers la porte-fenêtre. Quelqu'un a fermé les rideaux, mais j'aperçois la serrure cassée ; la table basse a été placée en travers des battants pour les maintenir fermés. Dans un flash, je revois les agents du FBI les défoncer. Je me pelotonne dans la couverture comme si j'avais trois ans et j'implore maman :

— Tu veux bien appeler d'ici ?

Elle me caresse les cheveux.

— Ne t'inquiète pas. Je ne vais nulle part.

Le téléphone n'est plus sur sa base ; il traîne par terre près de la porte. Maman le ramasse et appelle notre imam.

Il est à peine six heures du matin, mais l'imam est déjà debout pour les prières de l'aube. Je scrute le visage de maman pendant qu'elle lui raconte ce qui s'est passé. Elle a les traits tendus, mais s'exprime d'une voix calme. Ça me rappelle l'hiver dernier, un soir où elle a conduit pendant une tempête de neige.

— Non, je ne sais pas où ils l'ont emmené, répond-elle.

Elle garde les yeux rivés sur le Coran. Si on l'emportait, ils jailliraient de leurs orbites pour le suivre.

Le Coran est la seule chose qui n'a pas été déplacée. Ou alors c'est la seule que maman a remise en place. Il trône sur son piédestal près de l'étagère où nous rangeons nos tapis de prière. Les tapis et le foulard de maman sont en tas par terre, derrière la télé. Les murs sont entièrement nus : les tableaux, les appliques, le plafonnier et même les interrupteurs ont été arrachés. Le canapé, les chaises, les tables d'angle, les bibliothèques qui encadraient la cheminée ont été traînés au centre de la pièce. Les livres sont éparpillés par terre. Le pare-feu de la cheminée est renversé sur le tapis, les fausses bûches éventrées.

Visiblement, les agents du FBI cherchaient quelque chose de précis. Un truc qu'ils soupçonnaient papa de cacher. Mais quoi ? Et quels sont les liens de mon père avec Hasan ?

L'imam doit dire quelque chose d'important, car les yeux de maman ont quitté le Coran. Elle jette des regards nerveux autour d'elle et me fait des signes de sa main libre.

— Sami. Papier. Crayon.

Je récupère à quatre pattes un bloc-notes et un stylo à bille sous la table d'angle. Maman me les arrache presque des mains, coince le téléphone entre son oreille et son épaule et griffonne.

— Merci. Merci infiniment. J'attends son appel.

Elle raccroche. Je l'interroge :

— Alors ?

— L'imam nous a trouvé un avocat.

Elle indique la pièce d'un geste ample.

— Et quelqu'un pour faire des réparations.

— Et papa ?

— Ne t'inquiète pas. L'avocat va se renseigner pour savoir où il est, et on pourra le faire revenir à la maison.

Soudain, maman a une drôle d'expression. Elle tend la main et s'appuie au chambranle de la porte pour retrouver son équilibre. Elle a l'air complètement déboussolée, comme quelqu'un qui sort d'une voiture accidentée dans le brouillard.

— Maman ?

La lumière se rallume dans ses yeux.

— Attends une seconde.

Elle se précipite à l'étage et revient avec une pelle, une balayette et l'aspirateur.

J'écarquille les yeux. Elle singe ma mimique.

— Tu crois que ce verre brisé va disparaître tout seul ?

Je ne sais pas trop ce que je peux faire, mais ça ne me plaît pas de rester assis, les bras croisés. Je me fraye un chemin dans le couloir pour rejoindre le séjour. Il y a du bruit dehors. Je regarde par la baie vitrée et mon estomac se soulève

Notre jardin est entouré d'un ruban, comme une scène de crime. Un 4 × 4 est garé au bout de l'allée et un autre le long du trottoir. Deux flics empêchent les badauds de traverser la rue. Ce sont surtout des voisins en peignoir, une tasse de café à la main. Cependant, je distingue aussi deux équipes de télé. Leurs camionnettes sont stationnées quelques maisons plus loin. Une troisième est en train de remonter la rue.

J'éteins la lumière du séjour pour les empêcher de voir à l'intérieur. C'est précisément ce qui les intéresse. Dommage qu'on ait de simples voilages en guise de rideaux, et cet encadrement de fenêtre ridicule sur lequel maman a flashé dans un magazine.

Je me poste sur le côté de la baie vitrée et regarde dehors. J'aperçois Andy et Marty, en coton ouaté à capuchon et pantalon de treillis. Andy sautille sur place en agitant son portable.

Pas question de sortir et risquer de me faire lyncher par la foule. Je fonce au sous-sol récupérer mon téléphone. La dernière fois que je l'ai vu, il était dans la poche de mon jean. Où est passé mon pantalon ? Ah oui.

En boule dans un coin de la pièce. Mais ça, ce n'est pas la faute du FBI.

Andy décroche instantanément.

— Vous ne vous êtes pas couchés ?

— Tu veux rire !

Il est totalement hystérique :

— Ça va ?

— Ça va.

— C'est vrai pour ton père ? me demande Marty.

— Qu'est-ce qui est vrai ?

— Allume ta télé, me suggère Andy.

— Ma télé ?

— Ta télé, ouais. N'importe quelle chaîne. Ton père est célèbre.

— Je dirais plutôt « fou », objecte Marty. À voir la tête qu'il fait sur la vidéo.

— La vidéo ?

— Je crois que c'est Hutchinson qui l'a filmé, explique Andy.

Hutchinson est un de nos voisins : un sale type hargneux et accro aux armes. Il fait partie des gens qui ont essayé d'empêcher papa et maman d'acheter une maison dans le quartier. Il s'est fait renvoyer de son club de karting — les gars le trouvaient trop encombrant —, mais il a gardé le kart. Tous les étés, plein comme une barrique, il fait le tour du quartier à fond de train dans un costume d'Ali Baba ridicule.

— Ce débile se prend pour une star, ajoute Andy. Il revenait d'une fête quand le FBI a traîné ton père dehors. Il a filmé la scène avec son portable et vendu la vidéo aux journalistes.

J'entends une voix de femme derrière lui :

— On m'a dit que vous êtes amis avec le fils Sabiri… Je peux vous parler ?

— C'est une journaliste, me confirme Andy. Ne t'inquiète pas, on va lui dire du bien de toi.

— Non ! Ne dis rien !

Andy ne m'entend pas. En fait, personne n'entend personne, à cause de ce vrombissement qui recouvre tout.

Je reconnais ce bruit. C'est un hélicoptère.

20

L'hélico appartient à la chaîne de télé locale, qui l'utilise habituellement pour faire le point sur la circulation. Et justement, ce matin, ça bouchonne dans notre rue. Sur l'autoroute, c'est bien connu, les conducteurs ralentissent pour regarder les accidents. Alors, imaginez la réaction des gens quand le FBI débarque dans leur quartier pour coffrer un type…

Maman et moi sommes assis par terre, adossés au canapé d'angle. Blottis l'un contre l'autre, nous fixons la télé. Elle est par terre, elle aussi. Quand j'ai dit à maman qu'on parlait de papa aux infos, elle l'a branchée dans la prise la plus proche. Depuis, les yeux rivés sur l'écran, on essaie de comprendre ce qui se passe.

Il est sept heures et demie et les journalistes ne savent pas grand-chose, sinon qu'il s'agit d'une affaire grave impliquant une cellule terroriste internationale à Toronto. Et papa.

Les autorités ont publié des photos de douze types âgés d'une vingtaine d'années, tous barbus, hirsutes. Parmi eux, le fameux Tariq Hasan. Il est beaucoup moins glamour que sur les clichés du FBI. Sur plusieurs photos, on voit les hommes en tenue islamique traditionnelle dans un quartier de HLM de Toronto. On les voit aussi marcher dans la campagne, en tenue de camouflage.

Le télévision diffuse également la vidéo pourrie que Hutchinson a faite de papa. Sa veste de pyjama est débou-tonnée. Il a les yeux vitreux, les cheveux ébouriffés, le visage grimaçant. Les agents du FBI le traînent jusqu'à leur fourgonnette. On dirait un tueur psychopathe.

Selon des rapports officieux, la cellule aurait pris le nom de « Fraternité des Martyrs ». Les experts n'ont pas encore déterminé s'il s'agissait d'un mouvement isolé ou d'une opération commanditée par Al-Qaida. Onze de ses membres ont été interpellés par la police canadienne avant l'aube, au moment où le FBI arrêtait papa. Deux d'entre eux ont des permis de séjour ou sont deman-deurs d'asile ; les autres sont des clandestins avec des visas étudiants périmés ou de faux passeports.

Le douzième homme est le chef de la cellule, Tariq Hasan. Un journaliste posté dans la rue, devant une petite porte bleue entourée de vitrines, déclare que Hasan

vivait au premier étage de l'immeuble. On a dû le prévenir de l'arrivée de la police, car il s'est enfui. D'après les
autorités, il est armé et extrêmement dangereux.

Une femme au visage couvert d'un niqab bouscule le
journaliste avec son sac de provisions. Il lui crie des questions au sujet de Hasan. Elle disparaît derrière la porte
bleue.

Ce reportage passe en boucle, entrecoupé de photos
de notre maison prises depuis l'hélicoptère, ou depuis
la rue. Les journalistes ont interviewé des voisins :

— On n'a jamais eu de terroriste à Meadowvale.

— Sabiri est un type tranquille, mais un peu bizarre.
Il fait partie du club de golf, mais il ne joue jamais.

Andy et Marty ont trois secondes d'antenne à chaque
journal. Marty hoche bêtement la tête, tandis qu'Andy,
les mains dans les poches, sautille sur place en débitant
des âneries :

— Sammy est un chic type. Sérieux, c'est un gars
correct. Tiens bon, Sammy !

Merci beaucoup, Andy. Tu as bien fait de leur donner
mon prénom…

À 7 h 45, le téléphone sonne. Maman met le haut-parleur.

— Bonjour, ici Hosam Bhanjee, fait une voix masculine.

On dirait qu'il vient juste de se réveiller. Dans le fond,
j'entends des enfants se plaindre des céréales de leur
déjeuner.

— J'ai reçu un message téléphonique de l'imam Habib, enchaîne M. Bhanjee. J'ai cru comprendre que votre mari avait besoin d'une assistance juridique. J'ai des rendez-vous avec des clients toute la matinée, mais je peux me libérer cet après-midi. Avec la notoriété de M. Sabiri, je pense que le problème, quel qu'il soit, pourra être réglé rapidement.

Maman se racle la gorge.

— Monsieur Bhanjee, vous avez regardé la télévision ce matin?

— Non. Pourquoi?

— Regardez les informations.

Elle raccroche et ferme les yeux. Je l'imite.

Hosam Bhanjee est un avocat qui fréquente notre mosquée. Il est spécialisé dans les problèmes d'immigration, surtout depuis le 11 septembre. Il a bonne réputation, mais cette histoire n'a rien à voir avec celles qu'il traite d'habitude. Loin de là. J'essaie de ne pas céder à la panique.

— Ça va aller, maman… M. Bhanjee va localiser papa. Et il a des tas de relations, au cas où on aurait besoin d'une aide en particulier.

Maman grimace un sourire. À la télé, un roulement de tambour annonce les dernières nouvelles.

Le présentateur du journal affiche un air lugubre.

— Selon des sources internes, le terroriste présumé, le docteur Arman Sabiri, serait directeur de recherche au laboratoire Shelton. Dans cet établissement de catégorie 4, situé dans la banlieue de Rochester, on trouve de l'anthrax, le virus de la variole, ainsi que d'autres virus et microtoxines. Pour les spectateurs qui viennent de nous rejoindre, le docteur Sabiri est soupçonné d'être le maillon américain de la Fraternité des Martyrs, une cellule terroriste basée à Toronto, au Canada.

Nous voyons ensuite une vidéo filmée devant le labo. La police et les pompiers sont sur les dents. Des hommes en tenues de science-fiction blanches entrent dans le bâtiment. Des grappes de personnes sont dirigées vers des fourgonnettes.

— Les employés de Shelton sont actuellement interrogés par la police, continue le présentateur. Le laboratoire sera fermé jusqu'à nouvel ordre. Il s'agit d'effectuer une vérification de toutes les unités de biologie et de recenser toutes les boîtes et autres conteneurs. Officieusement, les autorités reconnaissent que la Fraternité des Martyrs est soupçonnée d'avoir préparé des attentats visant les transports en commun, la nourriture et l'approvisionnement en eau.

Le téléphone sonne. Maman décroche.

— Allô ?

— Allô ? Je suis bien chez les Sabiri ? fait une agréable voix masculine dans le haut-parleur.

— Oui, répond maman. Vous êtes l'assistant de M. Bhanjee ?

La voix se transforme :

— Ta famille va crever, sale chienne !

L'homme continue à hurler des obscénités sur le prophète et l'islam.

Maman est pétrifiée. Je lui prends le combiné des mains et je braille :

— Notre ligne est sur écoute, connard ! Tu comprends ? Ça veut dire que toi aussi, tu es sur écoute. Tu touches à un seul de nos cheveux, tu te fais coffrer !

La communication est coupée. Maman me regarde, abasourdie. Je hausse les épaules.

Nous n'avons pas le temps de méditer sur cette agression. Des experts scientifiques ont débarqué sur toutes les chaînes de télé. Ils discutent de papa et du terrorisme biologique. Quels micro-organismes sont véhiculés par l'air ou par l'eau. Quels virus risquent de contaminer des gens innocents dans les bus, les métros et les avions. Comment ces gens-là pourraient en infecter des centaines d'autres avant même de présenter le moindre symptôme. Comment des centaines de personnes en infecteraient des dizaines de milliers, etc. Les spécialistes parlent de grippe porcine, de grippe aviaire, et précisent qu'à l'ère du transport aérien, une pandémie peut se répandre dans le monde entier en quelques jours, décimant des populations entières avant même qu'on ait compris ce qui arrive.

Maintenant que j'ai entendu toutes ces salades, j'ai peur de mettre le nez dehors. Les présentateurs précisent que, pour l'instant, les craintes d'une attaque biologique sont sans véritable fondement. Il ne s'agit que d'une éventualité.

— Hasan court toujours et le pouvoir joue la course contre la montre afin de découvrir quelles substances le docteur Sabiri lui a confiées.

J'hallucine. C'est du genre : « Mesdames et messieurs, vous allez tous mourir, mais surtout ne paniquez pas. »

À Toronto, la police canadienne exhibe les preuves rassemblées lors des perquisitions. Les journalistes filment des tables couvertes de sachets de drogue, de faux passeports et d'armes : revolvers, mitraillettes, munitions, machettes. On nous montre aussi des équipements de camouflage, une porte trouée d'impacts de balles et cinq mannequins servant à s'entraîner au tir ; des sacs en plastique étiquetés contenant des batteries, des téléphones, des appareils photo, des tenailles, du matériel électrique ; enfin, cinq boîtes tapissées de plomb qui abritaient, nous dit-on, des boîtes hermétiques remplies de poudres non identifiées.

Les autorités ne précisent pas comment tout ces éléments s'imbriquent, mais ça fait froid dans le dos.

Notre téléphone sonne sans arrêt. Rien que des « appelants inconnus ». On ne décroche plus. Après l'agression de tout à l'heure, maman a appelé le cabinet de M. Bhanjee pour lui mettre la pression. C'était déjà fait. Il avait écouté les infos, décommandé ses clients du matin et s'était mis à la recherche de papa.

— L'affaire est plus compliquée que je ne le pensais, avoue-t-il.

Sans blague ?

Andy et Marty essaient de me téléphoner, mais je coupe mon portable. J'ai envie d'être au calme avec maman. Je scrute son visage. Elle pense comme moi : où est papa ? Que lui font-ils ? Pourquoi a-t-il été photographié avec Hasan ?

À 10 heures, la télé retransmet une conférence de presse de la Sécurité intérieure, à Washington. On voit d'abord les bâtiments du gouvernement, les limousines, des gens arborant des badges de sécurité qui parlent dans des micros-casques. Puis une salle de presse. Un type en costume sombre, les cheveux coupés en brosse, est debout derrière un podium. Derrière lui, une rangée de clones.

L'homme fait bref. Il confirme les gardes à vue et la fuite du chef de la cellule, Tariq Hasan.

— Ces interpellations font suite à une enquête internationale intitulée «Action Opération Patriote». Cette enquête visait la Fraternité des Martyrs et le docteur Arman Sabiri. Le docteur Sabiri est directeur de recherche au laboratoire Shelton, un établissement de catégorie 4 situé aux environs de Rochester, dans l'État de New York.

Bla, bla, bla. Puis une bombe :

— L'examen de sa correspondance électronique et de ses relevés de téléphone portable révèle que le docteur Sabiri s'apprêtait à fournir certaines substances à Tariq Hasan, le chef de la Fraternité des Martyrs. Les informations concernant la nature de ces substances sont classées secret défense.

Secret défense, tu m'étonnes ! Papa dirige un labo qui conserve toutes sortes de virus et microtoxines.

— Le FBI et le département de la Sécurité intérieure, en coopération avec la gendarmerie royale et les services de renseignement canadiens, ont mené des perquisitions tôt ce matin, avant que le docteur Sabiri n'ait pu effectuer sa livraison dans un motel de la banlieue de Rochester.

Les flashes crépitent. L'homme lève une main pour réclamer le silence.

— Les membres de la Fraternité des Martyrs ont été placés en garde à vue. Ils sont hors d'état de nuire. Cependant, le chef de la cellule, Tariq Hasan, court toujours. Il serait armé et extrêmement dangereux. Jusqu'à son arrestation, le pays sera placé en alerte orange. Nous demandons à nos concitoyens de garder leur calme. Merci.

L'homme recule de quelques pas et libère le podium. Il se tourne vers la sortie. Les journalistes agitent leurs micros.

— Et Tariq Hasan ! Est-ce que vous cherchez Tariq Hasan ? Savez-vous où il se cache ? Quels étaient ses projets ? Savez-vous ce qu'il a obtenu ?

— Pas de questions. Pas de commentaires, répond l'homme.

Il s'éloigne vers la porte. Les journalistes crient. Les présentateurs analysent les nouvelles avec des airs catastrophés.

« Qu'est-ce que tu as fait, papa ? »

21

Deux minutes plus tard, nous apprenons que des membres de la Fraternité des Martyrs sont détenus à la prison de Toronto, en vertu de la loi sur les certificats de sécurité. Papa est incarcéré au centre correctionnel de Rochester, une prison d'État non loin d'ici. Pas un mot sur les charges qui pèsent contre lui. Cela n'empêche pas les chaînes de télé de passer en boucle la vidéo où papa a l'air échappé de l'asile, titrée «Docteur-la-Mort?».

Je monte à l'étage, direction le placard à linge. Des draps, des couvertures, des serviettes éponges et des taies d'oreiller jonchent le sol du couloir. On dirait un modèle réduit des Mille-Îles. Je traîne plusieurs couvertures jusqu'au séjour et je grimpe sur une chaise pour les accrocher à la tringle, au-dessus de la baie vitrée.

— Sami, descends de là! me crie maman depuis le salon.

Ma tentative de camouflage est retransmise en direct à la télé. Je fais un doigt d'honneur à l'équipe de prise de vues.

— Sami! explose maman.

À en croire les vues aériennes, notre rue est changée en parking. Une foule compacte s'y presse : des mères avec des poussettes, des gamins qui sèchent l'école et des badauds qui passaient sur Oxford Drive, et qui en ont profité pour faire un crochet jusqu'ici. Notre quartier est devenu une vraie station touristique. Les jumeaux Robinson, qui vivent deux maisons plus loin, ont même installé un stand de vente de citronnade.

En revanche, Andy et Marty sont introuvables. J'allume mon portable. Ils m'ont laissé des millions de messages. Je les rappelle. Ils sont réfugiés dans la cave d'Andy, morts de trouille. Après leur passage à la télé, des agents du FBI les ont emmenés dans leur fourgonnette pour les interroger. Comme on est amis, ils voulaient savoir s'ils ne m'avaient pas entendu parler de trucs louches.

— On leur a dit que non, m'assure Andy.

— Qu'est-ce que vous leur avez raconté d'autre ?

— Rien.

— Ouais, c'est ça…

— D'accord, avoue-t-il, juste que ton père est hyper sévère, qu'il prie tout le temps et qu'il a pété les plombs parce qu'on avait fait une blague sur le Prophète. Ils ont pris nos adresses et numéros de téléphone. Ça sent pas bon! Les flics qui débarquent chez toi, c'est une chose. Mais, si les parents apprennent qu'on a le FBI sur le dos, ils vont nous tuer.

— Exact. Alors, tais-toi! siffle Marty. Les agents nous ont dit que l'interrogatoire était top secret. On ne devrait pas lui en parler.

Je m'étrangle :

— À qui? À moi?

— Sans vouloir te vexer, Marty a raison, reprend Andy. On ne devrait pas t'en parler.

— OK crétin, c'est toi qui vois.

Furieux, je lui raccroche au nez. J'espère qu'il va me rappeler pour s'excuser. Mais non.

On frappe à la porte. Je glisse un œil entre mes rideaux improvisés. Deux employés de la société «Akmed portes et fenêtres» attendent sur le seuil. En tout cas, c'est le nom qui figure sur leur camionnette. J'espère pour lui qu'Akmed aime la publicité.

Maman ne se fie à personne. Elle oblige les types à contourner la maison et leur demande le nom de leur imam. Après avoir montré patte blanche, ils prennent les mesures de la porte-fenêtre et s'excusent de ne pouvoir la remplacer avant lundi. En attendant, ils condamnent l'ouverture avec du contreplaqué. Le midi, ils s'arrêtent pour faire leurs prières de *juma*. En les observant, je remarque des paparazzis perchés dans des arbres, sur le terrain de golf. Il ne manquait plus que ça : des photos de gars se prosternant vers La Mecque, dans notre jardin.

Je montre les photographes à maman.

— Tu devrais leur balancer des balles de golf.

— Oui, approuve-t-elle, l'air sinistre. Ou porter une burka, pendant que j'y suis. Histoire de leur en donner pour leur argent, à ces idiots.

Je suis tellement sidéré que j'éclate de rire.

Le yeux de maman s'embuent.

— Qu'est-ce que je deviendrais sans toi ?

Je me détourne, la gorge serrée. Je pense exactement la même chose.

Les réparateurs partent à l'heure du dîner, juste au moment où Eddy Harrison se pointe, flanqué de sa bande. Comme la rue est bondée, il gare sa BMW sur la pelouse de Hutchinson. Ses copains et lui descendent de voiture et commencent à s'empiffrer de hamburgers, de frites et de cocas géants. Hutchinson les houspille depuis sa véranda. Eddy rigole et balance les emballages dans sa haie. Deux secondes plus tard, Hutchinson sort avec un nettoyeur à pression et arrose la bande. Eddy voit rouge, mais les flics s'interposent. Eddy et cie s'éclipsent.

Il ne se passe rien de plus jusqu'à seize heures. C'est l'heure où M. Bhanjee téléphone pour dire qu'il va essayer de voir papa. Il promet de passer juste après. Finalement, il débarque à vingt et une heures. Maman et moi guettons son arrivée derrière les couvertures-rideaux, dans l'obscurité du séjour. Dehors, on y voit comme en plein jour à cause des projecteurs de la télé et des phares des voitures.

Les flics escortent la Mazda de M. Bhanjee jusqu'à notre allée cernée de ruban. Harcelé par un essaim de journalistes, il s'approche de la porte à reculons, tout en répondant aux questions. Il agite les bras comme un dompteur qui tente d'apaiser les lions. Heureusement qu'il est de notre côté du ruban, sans quoi il serait dévoré vivant.

Maman le conduit au salon. M. Bhanjee s'installe sur le canapé et passe une main dans ses cheveux gominés. Il a eu une rude journée, il a beaucoup transpiré. Il garde sa veste par respect pour maman, mais elle est déboutonnée et on voit son maillot de corps à travers sa chemise trempée. Dommage. M. Bhanjee est l'un de ces types poilus qui sont obligés de raser un croissant entre leur barbe et leur torse s'ils ne veulent pas qu'on les prenne pour des loups-garous. Il a aussi dessiné une fente au centre de son unique sourcil.

Maman lui offre du thé.

M. Bhanjee met quatre morceaux de sucre dans sa tasse, mais refuse les biscuits au gingembre de maman en prétextant qu'il suit un régime. Il tient la tasse et sa soucoupe sous son menton.

— J'ai vu Arman. Il m'a dit de vous dire qu'il vous aime. Et qu'il est innocent.

Maman pose les mains sur ses genoux.

— Comment va-t-il ? demande-t-elle doucement.

M. Bhanjee hausse les épaules, l'air de dire : « À votre avis ? »

— C'est difficile à savoir. Je l'ai vu à peine cinq minutes. Il était derrière une vitre. Il y avait des gardes.

Maman saute sur ses pieds.

— Si on l'interroge, il a le droit d'avoir un avocat ! Pourquoi n'y étiez-vous pas ? Pourquoi n'êtes-vous pas resté avec lui ?

M. Bhanjee pose son thé sur la table basse, tire sur son pantalon et croise les mains. Je fixe ses lèvres. Les mots qui s'en échappent rendent l'air étouffant, irrespirable.

— Madame Sabiri, il y a la loi... et il y a la loi. En cas de menace terroriste imminente, le gouvernement peut justifier la violation des droits individuels.

— Mais Arman risque de dire des choses qui pourraient être retenues contre lui !

M. Bhanjee secoue la tête.

— Le procureur ne peut pas utiliser de témoignages recueillis en l'absence d'un avocat. C'est pourquoi je doute qu'ils lui posent des questions personnelles.

Je murmure tout bas :

— Ils veulent que papa les conduise à Hasan.

M. Bhanjee soulève la moitié gauche de son sourcil :

— C'est ce que je crois, oui.

Maman se rassoit ; elle empoigne les bords du pouf :

— Alors, que fait-on maintenant ?

— Les tribunaux sont fermés tout le week-end, et votre mari est détenu dans un quartier de haute sécurité, répond M. Bhanjee. Lundi matin, je pourrai agir pour obtenir sa libération. Il est en détention préventive en tant que témoin de fait, mais pour l'instant aucune charge ne pèse sur lui.

— Quelles sont vos chances de le faire libérer ?

M. Bhanjee se tapote les lèvres avec sa serviette.

— Vous devez comprendre qu'en cas de menace terroriste, les juges hésitent à s'inscrire en faux contre le gouvernement. Imaginez qu'un individu détenant des informations sur un éventuel attentat soit relâché, et que cet attentat ait lieu. Pensez au scandale... Sans parler des conséquences pour les juges. Ils sont élus, ne l'oubliez pas. La règle politique numéro un consiste à éviter le danger.

Maman hésite.

— Alors, combien de temps Arman risque-t-il d'être détenu ?

— Allah seul le sait.

Maman se penche vers lui.

— Monsieur Bhanjee, je sais que cela se présente mal, mais je connais mon mari. Cette histoire est une erreur. Toute la journée, nous avons entendu parler de « témoignages officieux » et de « sources confidentielles ». Où sont les preuves ? Pourquoi soupçonnent-ils Arman d'être le complice de ces gens ?

M. Bhanjee ouvre et ferme les mains.

— En cas de menace terroriste, les preuves sont gardées secrètes pour des raisons de sécurité nationale. Quand je demanderai la libération de votre mari, le gouvernement fournira aux juges un résumé de l'affaire. Tous les noms, tous les détails qui pourraient permettre d'identifier des personnes seront expurgés.

— Expurgés ?

— Supprimés. Il s'agit de protéger la vie des informateurs. Et d'empêcher les terroristes d'utiliser ces informations.

— Alors, n'importe qui peut dire n'importe quoi, sans qu'on sache qui a dit quoi, s'exclame maman.

Je commence à transpirer.

— Sans noms, ni autres précisions, se battre pour papa reviendra à se battre dans le brouillard.

— C'est malheureusement vrai, admet M. Bhanjee. Et vous devez aussi comprendre une chose : il y a des risques, même si j'obtiens la libération d'Arman.

Maman et moi échangeons des regards perplexes. Puis nous regardons M. Bhanjee.

— Pour l'instant, explique-t-il, Arman est détenu en tant que simple témoin. Mais, si un juge décide de sa remise en liberté, le gouvernement peut choisir de l'inculper, sous n'importe quel prétexte, pour qu'il reste en prison. S'il était accusé, prouver son innocence pourrait prendre des années et coûter une fortune.

Maman se fige.

— Notre maison… Les études de Sami… On risque de se retrouver à la rue.

— Vous pourrez toujours recourir à un avocat commis d'office, dit M. Bhanjee, mais ils n'ont pas les mêmes ressources.

Maman agite une main.

— Ne pensons pas à l'avenir. Réglons les problèmes au fur et à mesure qu'ils se présentent.

Elle essaie de se lever, mais n'y arrive pas. Elle empoigne ses genoux.

— Mon mari vit ici depuis plus de vingt ans. C'est un Américain loyal.

— Loyal ou pas, dit M. Bhanjee, s'il est déclaré coupable, on lui retirera sa citoyenneté. Il risque d'être renvoyé dans son pays d'origine.

— En Iran ! s'affole maman. Mais il a fui son pays ! S'ils le renvoient là-bas, je n'ose pas imaginer ce qu'on lui fera !

— Il y a un espoir, tente de la rassurer M. Bhanjee. Je soupçonne que cette menace terroriste a pris le gouvernement au dépourvu. Malgré les incarcérations, aucune inculpation n'a été prononcée, d'un côté comme de l'autre de la frontière.

— Vous pensez que les autorités tâtonnent ? demande maman. Ils gardent des suspects sous la main pendant qu'ils mènent l'enquête ?

— C'est possible, répond M. Bhanjee. Dans ce cas, cette prétendue menace terroriste pourrait n'être qu'un mirage. Ou ne plus concerner votre mari.

Maman ferme les yeux.

— Prions pour que ce ne soit rien du tout et que tout aille bien, *mash'Allah*.

M. Bhanjee fixe ses mains. Je le regarde frotter son pouce gauche contre sa paume droite. Quelque chose le dérange. Moi aussi. Je pense au FBI, à la foule, à la presse, aux infos télévisées.

— Monsieur Bhanjee... Certaines personnes ont consacré beaucoup de temps et d'énergie à faire croire que papa est un terroriste. S'il n'en est pas un, ces gens-là auront l'air idiot. Personne ne veut avoir l'air idiot. Ni chez soi, ni à l'école... Nulle part.

M. Bhanjee me voit hésiter. Il m'encourage :

— Continue, Sami.

J'avale péniblement ma salive.

— Imaginez que finalement, on ne trouve aucune preuve contre papa. Ou imaginez que certains faits prouvent son innocence. Tant que tout ça sera secret, il y aura des gens qui voudront que ça le reste. Des gens importants... Des gens puissants. Alors, la vérité ne sera jamais révélée. Papa ne pourra jamais prouver son innocence.

M. Bhanjee se tourne vers maman.

— Vous avez un fils très intelligent.

22

Je passe le week-end à la maison avec maman.

Les émissions d'informations — sans exception — tournent encore autour de papa. À croire qu'il ne s'est rien passé d'autre dans le monde. Pourtant, ils n'ont pas grand-chose à ajouter. Les chaînes de télé diffusent toujours la vidéo où les agents du FBI traînent papa dans la rue, avec son regard de fou ; celle de la perquisition au laboratoire Shelton, ainsi que les photos des membres de la Fraternité des Martyrs.

En fait, j'exagère : il y a quand même du nouveau. La gendarmerie royale du Canada a confié à la presse plusieurs vidéos que les Martyrs ont réalisées pendant leurs entraînements. On les voit tirer à tour de rôle dans un pré, devant une ferme. Tariq Hasan parle en riant d'enlever le premier ministre canadien et son gouvernement. Sur CNN, on découvre une vidéo des frères Akmed en train de prier dans notre jardin, suivie d'une interview du patron de maman à la pharmacie. Et, comble de l'humiliation, le commentateur, un journaliste de Rochester, précise que «le fils Sabiri, prénommé Mohammed, fréquente la prestigieuse Académie Théodore Roosevelt». C'est quoi, l'idée? Montrer que les terroristes éduquent leurs enfants?

Je me rappelle mon sentiment, le jour où papa m'a inscrit à l'Académie. J'avais l'impression de débarquer en prison. Mais cela n'a rien à voir avec ce qu'il vit en ce moment. Je me demande où il est. Ne pas le savoir me rend fou.

Je téléphone à Andy et Marty. Ils ne décrochent pas et ne répondent pas à mes textos. Les seuls appels que je reçois proviennent d'appelants inconnus. Probablement des canulars… Comment ces gens ont-ils obtenu mon numéro? Quelqu'un de l'école le leur a-t-il donné? Eddy? Comment l'a-t-il trouvé? Bah, quelle importance? Je les supprime sans prendre la peine d'écouter les messages.

Andy et Marty. Qu'est-ce qui m'a pris de leur raccrocher au nez? J'ai envie de leur parler. J'en ai besoin. Ils devraient pourtant le savoir… Ils ont peut-être peur du FBI. Ou alors leurs parents leur ont interdit de me téléphoner. C'est vrai que c'est capotant, ces histoires d'écoutes.

N'empêche, leur silence me fait mal. J'ai envie d'aller frapper à la porte d'Andy pour demander des explications, mais il y a encore des journalistes dans les parages. Ils pourraient nous filmer. En plus, j'ai peur de la réaction d'Andy. Tant que je ne sais rien, je peux me convaincre que ce n'est pas grave. Mais s'il me dit qu'on ne peut plus être amis... je ne sais pas comment je réagirais.

Je m'efforce de ne pas trop y penser. Le samedi, j'aide maman à faire le ménage. Le dimanche, nous recevons des amis de la mosquée. Maman a préparé du thé et une collation, mais les femmes apportent des plateaux couverts de victuailles. Tout l'après-midi, elles s'affairent dans la cuisine. Ainsi, maman n'aura pas à se soucier de préparer les repas pendant une éternité.

On m'envoie rejoindre les hommes au salon. Ils me serrent la main, me prennent dans leurs bras et me tapotent le dos.

L'idée, c'est de m'insuffler des forces pour « traverser cette période difficile ». Comme papa est en prison, je suis « l'homme de la maison ». Allez savoir ce que ça signifie. J'essaie de me conformer à l'idée que je m'en fais : un gars courageux, un dur. Même si, au fond de moi, je me sens surtout idiot et hyper mal à l'aise. Ce serait plus facile si j'avais une barbe.

L'imam Habib est assis dans le fauteuil inclinable, devant le contreplaqué qui masque la porte-fenêtre. Il se lève pour nous faire un bref discours. Ses yeux sont délavés. Souffre-t-il de cataracte, comme la grand-mère de Marty ? Sa voix aussi est vieille. Il y a comme un petit râle à la fin de chacune de ses phrases, comme s'il avait les poumons malades. C'est sans importance. Il est doux sans être mièvre, et ses paroles sont réconfortantes. Il nous dit que nous traversons une épreuve et que, comme l'acier, nous sortirons du feu plus solides. Il nous rappelle que le prophète Moussa – Moïse – a passé quarante ans dans le désert, mais que Dieu était à ses côtés.

Si le discours de l'imam nous apaise, il est sans effet sur M. Ibrahim. Ce dernier n'a pas oublié la fouille corporelle qu'il a subie à l'aéroport de Newark.

– Quand Timothy McVeigh a commis l'attentat d'Oklahoma City, le gouvernement n'a pas raflé tous les chrétiens blonds aux yeux bleus ! crie-t-il. Quand l'IRA a posé une bombe à Londres, l'Occident n'a pas déclaré la guerre aux catholiques !

Je pose un doigt sur mes lèvres en montrant les trous dans les murs. Il pourrait y avoir des micros n'importe où. Toutes nos paroles, prononcées dans un cadre privé, sont peut-être enregistrées. Probablement. Une chose est sûre : toutes les personnes qui ont franchi notre seuil ont été photographiées.

M. Ibrahim se calme en allumant une cigarette. Avec les fenêtres condamnées, pas moyen d'aérer la pièce. Et, si je remarque que fumer est *haram*, je prendrais l'imam Habib en défaut et passerais pour un mauvais hôte. Alors, je me tais, en espérant que maman a acheté du désodorisant.

C'est le cas. Après les prières du soir, quand les invités sont enfin partis, elle allume quatre bâtons d'encens au santal, en place un à chaque coin de la pièce et va se blottir dans l'angle du canapé avec son magazine de golf. Je la laisse seule. J'ai envie de passer un moment au calme, moi aussi.

Je commence par descendre au sous-sol, mais ma chambre me paraît vide sans ordinateur. Dans le séjour, l'ambiance est étrange à cause des couvertures tendues devant les fenêtres pour nous protéger des badauds qui rôdent encore dehors. Ces idiots n'ont pas compris que le spectacle est terminé, qu'il serait temps de lever le siège.

Finalement, je me réfugie dans le bureau de papa. C'est la seule pièce de la maison que maman et moi avons laissée intacte en faisant le ménage. Je n'y entre quasiment jamais. La dernière fois, c'était il y a plusieurs semaines, quand j'ai fouillé dans son ordinateur. Sinon, ça remonte à plus d'un an, après l'épisode Mary Louise, lorsqu'il m'a fait faire une visite de l'Académie sur Internet. Et, avant, j'étais petit... Bref, c'est le bureau de papa : la pièce dans laquelle on entre seulement si on a des envies de suicide.

Je n'allume pas la lumière. La pénombre me convient.

Les tapis sont retournés. Les portraits de famille et les diplômes ont été décrochés des murs. Le bureau a été déplacé, ses tiroirs ont disparu. L'ordinateur, l'imprimante, le numériseur et les meubles de classement aussi. La chaise à roulettes est dans un angle, le siège en cuir éventré ; *idem* pour les coussins du petit sofa, sous la fenêtre.

J'éprouve soudain l'envie étrange d'aller me blottir sous son bureau. Je me faufile dessous et je me roule en boule, les bras autour des genoux, à l'endroit où papa met ses pieds. Je me sens en sécurité, comme dans mon cagibi à l'Académie. J'imagine les mains de mon père sur un clavier, au-dessus de ma tête. Je l'imagine en train de fredonner, ou de réciter un de ses versets du Coran favoris. Papa.

Un jour, quand j'étais au collège, un gamin est tombé raide mort en plein milieu d'un match de volley. Il s'appelait Drew Lazar, et il avait 12 ans. Quelque temps après, son frère nous a raconté que leur mère avait laissé la chambre de Drew exactement telle qu'elle était le jour de sa mort. Ses affiches étaient toujours au mur. Son lit défait. Il y avait même une chaussure de sport sur le bureau. La pièce était figée.

Ici, c'est un peu pareil, comme si papa était parti pour ne jamais revenir. Et quelque chose me dit que cette pièce restera telle qu'elle était le soir où il est parti. Le soir où notre monde s'est écroulé.

Il fait presque nuit. Papa me sourit depuis la petite photo. Celle où j'ai six ans et où sa barbe me chatouille la joue. Elle est par terre, à l'autre bout de la pièce. Elle a dû tomber du bureau, et quelqu'un l'aura poussée du pied pendant la perquisition. Curieusement, elle a atterri dans le bon sens, contre une corbeille à papier renversée. Le verre qui la protégeait est brisé, mais le cadre métallique le maintient encore en place.

J'ai envie de tendre la main pour la prendre, la serrer contre moi, mais j'ai peur de la toucher. Les fragments de verre risquent de déchirer le papier. En même temps, si je la laisse par terre, c'est sûr qu'elle sera abîmée tôt ou tard. Je m'approche en rampant, glisse précautionneusement les mains sous le cadre et j'emporte la photo dans ma chambre. Je la pose sur ma table de chevet.

Je m'allonge sur le dos et je la contemple longuement. Papa. Est-ce que tu as vraiment fait quelque chose de mal ? Si tu n'as rien fait, pourquoi es-tu en prison ? Pourquoi disent-ils toutes ces horreurs à la télé ?

Qu'allons-nous devenir ?

23

Je fais des cauchemars toute la nuit.

Le dernier rêve me transporte dans une mine souterraine. Il fait un noir d'encre. Maman et papa sont
avec moi. On entend des explosions un peu partout.
Si nous ne sortons pas immédiatement, nous risquons
d'être enterrés vivants. On court dans les galeries
étroites en tâtant les murs avec nos mains. Une nouvelle
explosion. Une pluie de rochers s'abat autour de nous.
« Sami ! » Papa est enseveli. Je creuse comme un fou
pour le libérer. « Sami ! » Sa voix est lointaine. Plus je
creuse, plus elle s'éloigne. Et où est maman ? Une autre
explosion. Le sol se dérobe sous mes pieds. Je tombe.
Au secours !

— Le diable trouve du travail pour les mains désœu-
vrées, me dit maman le lundi matin.

Ma période d'exclusion est terminée, mais j'espérais rester encore quelque temps à la maison. J'appréhende ce qui va se passer à mon retour à l'école.

— Il ne va rien se passer, m'assure maman. Garde la tête haute et continue comme avant.

Facile à dire. Elle a demandé quelques jours de congé à son patron, et attend des nouvelles de M. Bhanjee. S'il obtient une comparution pour papa, elle téléphonera à l'Académie et passera me chercher pour m'emmener au tribunal.

Cela dit, maman sait parfaitement que la situation n'est pas ordinaire. Elle me conduit à l'école en voiture, de crainte que les journalistes me harcèlent si j'y vais à vélo. Ils ne sont plus que quelques-uns dehors, plus un couple de *losers* tatoués, avec de gros appareils photo : les paparazzis des tabloïds. Je remonte l'allée en me cachant le visage derrière mon sac à dos, sous le crépitement des flashes. Ils nous traquent jusque dans la voiture. Patience. Dans quelques jours, ils seront partis. Pareil pour le ruban de la police.

Maman me dépose à l'entrée principale de l'Académie. Je jette un coup d'œil à la statue de Teddy Roosevelt en songeant que j'aimerais bien être équipé comme son cheval. Puis je monte l'escalier avec application pour éviter de trébucher.

Je ne sais pas trop à quoi je m'attends, mais certainement pas à ça. D'habitude, j'ai l'impression que tout le monde me regarde, alors qu'en fait ce n'est pas le cas. Aujourd'hui, on dirait que personne ne s'intéresse à moi, et pourtant tout le monde me surveille. Dans le couloir, les élèves discutent devant leur casier, se racontent leur week-end... À la seconde où ils m'aperçoivent, ils se taisent et fixent leurs sacs de sport. Je passe. Les sifflements et les conversations reprennent.

C'est le même cirque toute la journée. Le seul point positif, c'est que je ne croise pas Eddy avant la dernière heure.

J'arrive le premier dans la classe de M. Bernstein. Il me fait un signe de tête amical et me sourit comme si de rien n'était. Tu parles ! À moins de débarquer de Mars, il est forcément au courant pour papa. Pense-t-il que je sois dupe ? Son silence le trahit. Évidemment. Que pourrait-il me dire : «Tu as passé un bon week-end, Sami ?»

Les autres élèves s'éparpillent dans la pièce. Là encore, ils jouent l'indifférence jusqu'à ce qu'ils me voient. Alors, ils se taisent brusquement, comme s'ils venaient d'entrer à l'église. Tous, sauf Eddy. En passant près de moi, Numéro-Trois articule en silence : « Oussama » et me fait un clin d'œil terrifiant.

M. Bernstein lance les hostilités.

— Ces dernières semaines, nous avons discuté de la guerre froide. D'un côté, la nécessité de nous prémunir contre les dangers, chez nous et à l'étranger. Et de l'autre, l'importance de nous rappeler ce qu'il advient de la liberté lorsque nous entrons dans le monde de la peur.

Il enchaîne par une série d'exemples : les attaques perpétrées contre les mouvements de travailleurs au début du XXe siècle, les campagnes d'espionnage contre les leaders afro-américains avant les droits civiques et l'internement des Japonais-Américains pendant la Seconde Guerre mondiale. Puis il s'arrête et nous décoche un grand sourire.

— À vous !

Silence.

Étrange. D'habitude, les entrées en matière de M. Bernstein suscitent des questions. Des débats. On s'envoie et se renvoie des idées comme des balles de ping-pong. Aujourd'hui, rien.

— Allez, nous encourage-t-il, toujours souriant. J'espère que j'ai dit quelque chose qui vous a choqués.

Le silence s'installe.

— Vraiment ? Vous êtes d'accord avec tout ce que j'ai dit ? Vous n'avez aucune objection ? Allons ! Il y a toujours matière à discussion…

Les élèves fixent leur table comme s'ils sentaient venir l'embrouille. Soudain, Eddy lève une main. Il n'est pas spécialement excité, ni rien. Il a presque l'air de s'ennuyer. M. Bernstein attend un instant pour vérifier qu'il n'est pas juste en train de s'étirer.

— Harrison ? Que puis-je pour toi ?

Eddy retrousse la commissure de ses lèvres.

— Eh bien, monsieur, on comprend ce que vous dites sur les minorités, et tout. Mais comment fait-on si une minorité doit être surveillée de près ? Si cette minorité est un ennemi mortel ?

— Un jour, répond M. Bernstein, chacun des groupes que je viens de mentionner a été considéré comme un ennemi qu'il fallait surveiller.

— Mais aujourd'hui c'est différent, non ?

Eddy parle calmement, avec aplomb, comme s'il énonçait une évidence :

— Quand on a un cancer, on ne fait pas comme s'il n'existait pas. On l'opère.

Un silence de mort plane sur la classe. J'agrippe un stylo, la tête basse.

— On écarte des individus, Harrison, dit calmement M. Bernstein. Pas des groupes.

— Même quand ces groupes sont pleins de terroristes ? insiste Eddy, sarcastique.

« Mourir. Je voudrais mourir. »

M. Bernstein s'appuie contre son bureau.

— L'Holocauste représente la pire forme de terrorisme que l'on puisse imaginer, dit-il. Pourtant, nous condamnons les nazis pour ces atrocités, et non la population allemande dans son ensemble.

— Excusez-moi, monsieur, mais c'était il y a longtemps. Ailleurs. Je vous parle d'ici et de maintenant. Il y a des terroristes à Meadowvale. L'un d'eux a été arrêté vendredi.

— Un terroriste présumé, précise M. Bernstein.

— Ouais, eh bien, on a de la chance d'être encore vivants. Je propose qu'on les coffre tous et qu'on les renvoie chez eux.

Je pivote brusquement.

— Je suis né ici, Eddy, comme toi !

M. Bernstein bondit.

— Les garçons. N'entrons pas dans des querelles personnelles.

J'explose :

— Ah ouais ? Et comment ? Dites-moi comment !

Eddy exulte. Il m'a eu.

M. Bernstein enchaîne d'une voix coupante comme une lame de rasoir :

— Nous avons déjà eu des terroristes dans ce pays. Avez-vous entendu parler du Ku Klux Klan ? Cette organisation lynchait les Afro-Américains et incendiait leurs maisons. Ils ont aussi assassiné des Juifs, attaqué des catholiques, des homosexuels et des immigrants.

La voix de M. Bernstein est haut perchée :

— Au début des années 1920, 15 % des hommes blancs, adultes et protestants appartenaient au Klan, y compris des personnages importants, tels que des gouverneurs et des juges. Et l'organisation a compté au moins un président parmi ses fervents sympathisants.

Il marque une pause avant d'annoncer :

— Aujourd'hui, les suprémacistes blancs se regroupent dans des milices violentes et clandestines. C'est ici ! C'est maintenant !

Il se tourne vers Eddy, prêt à asséner le coup de grâce :

— Dis-moi, Harrison, comment réagirais-tu si ton père se faisait traiter de terroriste simplement parce qu'il est un homme blanc et chrétien ?

Un sourire mauvais déforme les traits de l'intéressé.

— Est-ce que vous traitez mon père de suprémaciste blanc ? De terroriste nazi ?

— Non, répond sèchement M. Bernstein. Je dis que nous condamnons le terrorisme sanglant des suprémacistes blancs, mais pas tout le groupe ethnique et religieux auquel ils appartiennent.

M. Bernstein et Eddy se fixent. C'est à celui qui baissera les yeux en dernier.

— Je vous propose d'écrire chacun un court essai pour alimenter ce débat, dit M. Bernstein à la classe.

Où doit-on situer la frontière entre liberté et sécurité ? À quel moment devons-nous renoncer à nos droits, en admettant que nous devions le faire ?

Eddy sort son ordinateur portable ; un moyen de détourner le regard sans perdre la face.

M. Bernstein va s'asseoir derrière son bureau. Il nous observe un instant, puis ouvre un dossier plein de copies.

Soudain…

Rata-tata-tata-tata-tata-tata-tata !

Nous jaillissons de nos sièges. Quelqu'un a balancé une série de pétards dans l'allée centrale.

Les yeux de M. Bernstein flamboient de colère. Il regarde Eddy.

– Qui a fait ça ?

Personne ne répond. Comme moi, personne n'a rien vu. Ou alors ils ont peur de parler.

24

Le lendemain matin, M. Bhanjee appelle maman pour la prévenir que la comparution de papa aura lieu en fin d'après-midi. Elle téléphone à l'Académie pour dire qu'elle passera me chercher à l'heure du dîner. M. McGregor l'attend. Il nous conduit dans le bureau du directeur.

M. Samuels a des cheveux noirs brillants avec une bande blanche au milieu. On dirait qu'il a une mouffette sur la tête. On ne le voit quasiment jamais, sauf aux assemblées générales de l'Académie et le jour de la rentrée. Il passe son temps derrière des portes closes, à discuter avec des membres du bureau, d'anciens élèves... ou la secrétaire, Mona James. La rumeur dit qu'ils ont une liaison.

Bref, M. Samuels laisse l'ingrat travail quotidien à M. McGregor. Quand il demande à voir les parents, c'est mauvais signe.

— Comment allez-vous, monsieur Samuels ? dit maman avec méfiance.

Il veut lui serrer la main. Elle recule, presse la paume droite contre son cœur et s'incline légèrement.

— On nous attend en ville. Je crains que nous n'ayons pas le temps de discuter.

— Je comprends, dit M. Samuels d'un ton mielleux. J'aimerais simplement vous exprimer la sollicitude de l'Académie vis-à-vis de votre famille. Dans les moments difficiles, on a besoin de tout sauf d'une pression financière. L'Académie s'est fixé pour règle de ne pas rembourser les frais de scolarité. Cependant, étant donné votre situation, le bureau s'est montré compréhensif et a décidé de vous offrir un remboursement intégral des frais de scolarité de Sami s'il choisissait de quitter notre établissement.

— Ce ne sera pas nécessaire, déclare maman avec raideur. L'éducation de Sami reste notre première priorité.

— Avec tout le respect que je vous dois, continue M. Samuels, dans les circonstances actuelles, Sami risque de trouver la vie à l'Académie assez stressante. Vous devriez peut-être envisager l'option des cours par correspondance.

Maman le regarde dans les yeux.

— Dois-je comprendre que vous vous inquiétez des liens entre notre famille et l'Académie ?

— Il ne s'agit pas de ça, se défend le directeur, les tempes écarlates.

— Dans ce cas, je présume que vous n'êtes pas inquiet non plus de voir votre collecte de fonds diminuer, ou des parents retirer leurs enfants de l'établissement.

M. Samuels cligne des yeux comme une grenouille décérébrée.

— Entendons-nous bien, reprend maman d'une voix calme. Les frais de scolarité de mon fils ont été payés dans leur intégralité. Il a sa place ici au même titre que ses camarades. Et je ne tolérerai pas qu'il soit sanctionné à cause d'une rumeur sans fondement concernant son père. Est-ce bien clair ?

Je suis ma mère dans le couloir en m'efforçant d'imiter son port de tête. Je déteste l'Académie, mais je préférerais mourir plutôt que de partir maintenant.

Nous retrouvons M. Bhanjee chez Starbucks, à quelques rues du tribunal de Rochester.

— C'est une audience préliminaire qui vise à déterminer s'il existe un « motif raisonnable », nous apprend-il en dégustant un carré aux dattes.

J'ai une pensée émue pour son régime.

— Le gouvernement doit convaincre le juge de la nécessité de garder Arman en détention.

Je me renseigne :

— S'ils n'y arrivent pas, papa sera libéré ?

M. Bhanjee avale d'une traite le reste de son café.

— C'est mon espoir. Mais rappelez-vous : le juge sera prudent. Enfin, nous aurons au moins un aperçu de la nature et de l'ampleur du problème.

Il recule sa chaise et se lève. Nous sortons.

Les rues voisines sont fermées à la circulation. Un mur de policiers est posté sur les marches du palais de justice ; des hommes affublés de badges déambulent alentour d'un air important ; un hélicoptère du gouvernement vrombit au-dessus de nos têtes.

M. Bhanjee nous montre les toits voisins. Des types en tenue paramilitaire avec casque, gilet pare-balles et mitraillette montent la garde. Qu'est-ce qu'ils s'imaginent ? Qu'Al-Qaida va débouler en plein centre de Rochester pour libérer papa ? N'importe quoi.

— Parfait pour les photographes, observe M. Bhanjee.

Je l'entends mal, à cause de l'hélicoptère.

— Hein ?

— C'est un excellent moyen de promouvoir les arguments de l'accusation, crie-t-il.

Les journalistes sont massés derrière les barrières, près de l'entrée du palais de justice. M. Bhanjee nous précède en jouant des coudes. Je relève mon capuchon, baisse la tête et j'avance, un bras autour de maman.

M. Bhanjee montre un laissez-passer aux gardes ; on nous fait signe d'entrer.

C'est la première fois que je viens au tribunal. Du coup, je ne sais pas si c'est normal qu'on nous fasse passer à deux reprises entre des détecteurs de métaux : à la porte principale, puis à l'entrée de la salle d'audience. En revanche, je ne peux pas croire que tout le monde se fasse renifler par des chiens. C'est encore pire qu'à l'aéroport, quand les clowns de la sécurité fouillent nos valises avec des airs féroces, comme si on allait faire tout sauter.

La plupart des sièges sont occupés par des journalistes. Maman et moi sommes guidés vers un banc, derrière la table de la défense. M. Bhanjee nous a prévenus que nous n'aurions guère le temps de parler à papa, et que, de toute manière, il ne faudrait pas lui dire grand-chose : nos propos pourraient être rapportés, déformés...

Papa entre par une porte latérale, flanqué de deux gardes. Il est en uniforme de prisonnier, menotté, les pieds entravés. J'ai envie de courir vers lui. Quand il me voit, son visage s'assombrit. Il baisse la tête, honteux.

Les gardes le font asseoir à la table de M. Bhanjee, juste devant nous. Je chuchote :

— Papa, tu me manques.

Il hoche la tête pour indiquer qu'il a entendu, mais ne se retourne pas. Maman lui effleure le bras. Sa tête et ses épaules se mettent à trembler.

M. Bhanjee lui tend un mouchoir et lui glisse quelques mots à l'oreille. Papa se contient, mais je devine qu'il est bouleversé. Il dodeline de la tête, tel un oiseau picorant des graines sur le sol.

— Levez-vous ! dit le greffier, exactement comme dans les films.

Tout le monde obéit.

— L'audience est ouverte. Elle est présidée par Son Honneur le juge Chapman.

Le juge arrive sur des béquilles. Sa tête ressemble à une vieille pomme : rouge, flétrie et couverte de taches marron.

M. Bhanjee commence par se plaindre des menottes et des entraves aux pieds de son client. Le juge approuve. Il ordonne qu'on les retire. Un point pour nous.

— Votre Honneur, reprend M. Bhanjee, le docteur Sabiri est détenu comme témoin de fait. Mais témoin de quoi ? À ce jour, aucune charge n'a été portée au dossier de mon client. Nous demandons sa libération immédiate.

En un clin d'œil, le procureur a bondi sur ses pieds. Avec sa tête chauve et ses mains osseuses, on dirait un squelette en costume.

— Votre Honneur...

Il se lance dans une tirade enflammée sur papa et la Fraternité des Martyrs. Il utilise Powerpoint pour présenter des documents : les vidéos qu'on a tous vues à la télé et les photos que les agents du FBI m'ont collées sous le nez, celles où l'on voit papa avec Tariq Hasan pendant son voyage à Toronto.

Puis il sort de son chapeau un truc inédit : un courriel que papa a envoyé à Hasan la veille de son arrestation. Il le lit à voix haute :

— « Il ne faut plus qu'il y ait aucun contact entre nous. Plus de lettres, plus de coups de fil, plus de courriels. Viens vendredi au Best Western, près de l'aéroport de Rochester. Je passerai te prendre en milieu d'après-midi pour te faire visiter les environs, mais je ne pourrai pas te faire entrer au labo. Tu ne regretteras pas le voyage. J'ai eu du mal à me procurer les choses que tu m'as demandées. Je ne sais pas comment je me serais justifié si je m'étais fait surprendre. Mais passons… Je t'ai préparé un paquet pour que tu l'emportes à Toronto.

Tariq, j'admire tes projets. Je prie pour leur réussite. *Inch'Allah.* »

Papa se ratatine sur son siège. Il se tourne vers maman et moi :

— Ce n'est pas ce qu'on pourrait penser.

« Ah non ? Et c'est quoi, alors ? »

— Je le leur ai dit. Ils refusent de me croire.

« Sans blague ? Je me demande bien pourquoi… »

Je baisse la tête. Je n'arrive même plus à le regarder.

Mais M. Bhanjee ne se laisse pas démonter. Il agite une main en direction de l'écran.

— Ce courriel ne prouve rien.

— Vraiment ? dit le procureur. Dans ce cas, peut-être que mon éminent confrère pourra m'expliquer pourquoi le docteur Sabiri, un homme d'âge mûr, directeur d'un laboratoire de catégorie 4, connaît Tariq Hasan, un jeune Canadien au chômage, chef de la Fraternité des Martyrs. Il pourra peut-être aussi nous éclairer sur les projets de Hasan, sur les substances que le docteur Sabiri s'apprêtait à lui procurer, et sur l'endroit où elles se trouvent actuellement.

— Mon client n'a aucune explication à donner, réplique M. Bhanjee.

Le procureur le regarde sans le voir, puis poursuit :

— Votre Honneur, Tariq Hasan constitue un danger imminent. Il est toujours en liberté. Tout porte à croire que le docteur Sabiri sait où il se trouve actuellement.

M. Bhanjee émet une objection. Le juge la rejette.

Le procureur se dresse de toute sa hauteur.

— Votre Honneur, les services de la Sécurité intérieure sont actuellement à la recherche d'un autre conspirateur lié à la Fraternité des Martyrs. Une personne qui se trouverait dans les environs de Rochester et pourrait être en possession d'armes biologiques.

Un chahut monstre s'élève dans la salle.

— Silence ! tonne le juge.

Il abat son marteau.

— J'ai dit : silence !

— Le docteur Sabiri est le trait d'union entre la Fraternité des Martyrs et ces armes biologiques, tonne le procureur. Nous pensons qu'il connaît l'identité du conspirateur secret et sait où le trouver.

Il confie au juge un dossier marqué *Secret défense*.

— Tant que Tariq Hasan et le mystérieux terroriste n'auront pas été localisés et arrêtés, il est impératif pour la sécurité de nos concitoyens que le docteur Sabiri reste en détention.

25

Ils gardent papa en prison.

M. Bhanjee se veut rassurant.

— Même si cela se présente mal, les preuves contre Arman sont minces. Un simple courriel qui ne porte aucune mention de substances dangereuses, ou d'une quelconque menace pour le pays. Je vais faire tout de suite le nécessaire pour connaître les preuves de l'existence de ce nouveau « terroriste non identifié ».

Le courriel de papa et le mystérieux terroriste font la une des journaux télévisés. On spécule sur l'identité de ce dernier. Un des employés de papa ? Quelqu'un qui fréquente notre mosquée ? Les médias interrogent un « profileur », un spécialiste de la psychologie des criminels. Pour lui, le conspirateur inconnu est probablement un chômeur de sexe masculin qui a une piètre opinion de lui-même. Ou au contraire un battant. Un journaliste évoque la possibilité que ce soit une femme, rappelant qu'il existe des femmes kamikazes en Irak et en Afghanistan.

— Formidable, dit maman avec amertume. Le suspect peut-être n'importe qui, pourvu qu'il ait la peau foncée.

Si le week-end a été un calvaire, la fin de cette journée est un véritable enfer. M. Bhanjee nous déconseille de tirer des conclusions hâtives.

— Il n'y a aucun lien entre ce terroriste non identifié et Arman.

Maman hoche la tête.

Ils sont aveugles, ou quoi? Papa et un autre type de Rochester sont en relation avec la même cellule terroriste à l'étranger, et ils ne se connaîtraient pas? Quelles sont les probabilités?

— Je ne vais pas à l'école demain, dis-je en voyant un nouveau portrait de Docteur-la-Mort, alias papa, s'afficher à l'écran.

— Oh, que si, tu y vas! objecte maman. Ils nous guettent tous, ils attendent de nous voir craquer. Eh bien, nous ne craquerons pas. Nous sommes des Sabiri. Nous restons unis, quoi qu'il arrive.

— Maman! Pense à ce qu'il a failli faire!

La gifle part. Je regarde maman avec stupéfaction. Elle a l'air horrifié. Elle m'enlace et me serre contre elle.

— Excuse-moi, Sami. Mais ton père a besoin de notre force. On ne peut pas le trahir.

Je proteste à voix basse :

— Il nous a bien trahis, lui… Il a trahi notre pays.

Maman reste longtemps silencieuse. Puis :

— On ne le sait pas. Tout ce que nous savons, c'est que ton père est ton père.

C'est le milieu de la nuit.

Je regarde la photo de papa et moi sur ma table de nuit, celle que j'ai prise dans son bureau. Qui est-il ? Qui est-il vraiment ? Je n'en sais rien. Ça m'est égal. Je le déteste. Il a fichu ma vie en l'air. La mienne et celle de maman.

Je prends le cadre avec l'intention de le lancer dans la poubelle. Mais quelque chose me retient.

Papa.

Je me rappelle quand j'ai attrapé la coqueluche. J'ai cru que j'allais mourir. J'avais l'impression que mes poumons se déchiraient à chaque quinte de toux. Pendant une semaine, papa est resté auprès de moi jour et nuit, à me cajoler et à me chanter des berceuses persanes, sans se soucier d'attraper la maladie. Tout ce qui comptait, c'était ma guérison.

Et avant, quand je ne connaissais pas encore Andy et Marty… Quand j'étais petit et seul. Un jour, papa m'a surpris en train de pleurer. Il m'a pris dans ses bras et m'a raconté comment sa grand-mère lui avait fait quitter l'Iran clandestinement, comment il était arrivé au Canada sans famille, sans ami… Il avait tellement peur qu'il voulait mourir. Puis il avait rencontré maman, j'étais né, et tout s'était arrangé.

— Ce n'est qu'un mauvais moment à passer, m'avait-il dit. Je te le promets.

J'avais blotti la tête contre sa poitrine et, pendant quelque temps, je m'étais consolé de ne pas avoir d'amis. Du moment que je les avais, maman et lui, le reste n'avait pas d'importance.

Maman a raison : jamais papa n'aurait pu faire ce dont ils l'accusent. Il y a forcément une autre explication. Hasan s'est fait passer pour un chercheur ou pour un congressiste. Le chef d'une cellule terroriste est capable de fabriquer de faux documents. Papa allait lui confier des rapports de recherches secrets, ignorant qu'il avait affaire à un imposteur.

« Dans ce cas, pourquoi vouloir couper tout contact ? Pourquoi craindre d'être surpris en train de prendre les trucs en question ?

— Parce que… euh… Imagine que Hasan se soit fait passer pour un inspecteur des laboratoires. Peut-être que papa voulait lui confier des échantillons à l'insu de ses employés.

— Un inspecteur des laboratoires ? Habillé comme sur les photos ?

— D'accord. Mais admettons que papa ait démasqué Hasan et prévu de lui tendre un piège. Il lui aurait confié des trucs bidon, genre, de la farine ou du talc, en lui faisant croire qu'il s'agissait de virus ou de spores… Manque de chance, les flics lui sont tombés dessus avant que papa ait pu refermer son piège.

— Tu as quel âge, Sami ? Deux ans ?

— OK, je n'ai pas les réponses ! Par contre, je suis sûr d'un truc : papa a beau être strict, m'énerver souvent et me faire honte régulièrement, il n'a rien à voir avec le psychopathe malfaisant qu'on nous présente.

— À quoi ressemble le mal, Sami ? Si les monstres avaient l'air de monstres, on saurait qui on doit fuir. Hélas, ce n'est pas le cas ! Les monstres les plus redoutables ont le visage de parents ou d'amis. Ce sont eux qui te piègent, parce que tu leur fais confiance. Une fois que tu leur as ouvert ton cœur, c'est trop tard. Ils te tiennent. Tu es mort. Demande à Andy. Lui aussi, il croyait connaître son père. »

Non ! Stop !

J'ai beau me frapper la tête, la voix du serpent y résonne encore, de plus en plus forte. Je pose la photo par terre, à l'envers, et je la pousse sous mon lit. J'imagine le verre brisé trouant le papier, déchirant le visage de papa.

Le plafond et le sol se mettent à tournoyer.

Je fonce aux toilettes pour vomir.

26

Le lendemain matin, je me faufile dans l'Académie comme un voleur et je rase les murs jusqu'à mon cagibi. Une feuille est collée sur la porte : *Terrier de Sabiri*. Ça, c'est signé Eddy. Forcément. Mais comment a-t-il découvert que je venais me réfugier ici ? Qui m'a aperçu ? Qui le lui a dit ?

Une chose est sûre, je n'ai plus de cachette. Si je me fais coincer ici, je suis mort.

Heureusement, on est mercredi. Les mercredis et jeudis, notre emploi du temps est inversé : nous avons histoire en première heure. Je décide de rejoindre la classe de M. Bernstein, pensant que j'y serai en sécurité. Hélas, quand j'arrive, la salle est fermée !

En attendant, je vais me cacher dans les toilettes, au bout du couloir. Il n'y a personne. J'entre dans une cabine, je tire le verrou et m'assieds en tailleur sur le couvercle du siège, afin que personne ne devine ma présence.

Deux minutes s'écoulent en silence ; j'entends juste les gouttes qui tombent dans le lavabo. Puis la bande d'Eddy déboule en riant et en chahutant. Je les entends se soulager dans les urinoirs. Le dévidoir à serviettes en papier est pris d'assaut.

Et soudain, le silence.

Eddy siffle doucement.

— Sa-biii-riii… Où es-tu, Sa-biii-rii ?

Au secours ! Ils savent que je suis là. Ils le savent depuis le début.

Eddy frappe à la porte.

— Est-ce que Sammy peut venir jouer avec nous ?

Je ne bronche pas.

— Je t'ai posé une question, bicot.

Mon cœur bondit dans ma gorge.

— Je suis en train de chier. Tu permets ?

— Avec les pieds en l'air ? se moque Eddy.

Ses copains se bidonnent. Un des rires provient du dessus de ma tête. En levant les yeux, je découvre Mark Greeley, l'acolyte d'Eddy. Perché sur le couvercle des toilettes, dans la cabine de droite, il me regarde par-dessus la cloison.

— Salut, terroriste.

— Dégage !

— Sûrement pas, terroriste ! fait une autre voix.

Eddy est pendu à la cloison de gauche. Il m'attrape une oreille et tire de toutes ses forces. Je saute sur mes pieds. Un gars de la bande passe les mains sous la porte et m'empoigne les chevilles. Il tire, je bascule en arrière et je m'explose la tête sur la cuvette. Mon agresseur essaie de me traîner dehors. Je m'agrippe à la base des toilettes, mais j'ai déjà la moitié inférieure du corps à l'extérieur. Les gars me balancent des coups de pied dans le ventre. Je lâche prise. Ils sont tous au-dessus de moi.

— On lui fait le supplice de l'eau ! braille Eddy.

Soudain j'ai les jambes en l'air, les bras prisonniers, et la tête au-dessus des toilettes sales. Je me tortille pour me libérer. Eddy me prend par les cheveux et m'enfonce la tête dans l'eau de la cuvette.

— Ton père est un sale traître, hurle-t-il. Dis-le !

Il me relève la tête.

— Non !

Je tousse.

Il me replonge la tête sous l'eau. Je n'arrive pas à penser, je ne peux plus respirer.

Il me relève.

— C'est un foutu terroriste ! Dis-le ! Dis-le !

— C'est toi, le terroriste !

Eddy me remet la tête dans la cuvette. Je suffoque. Je suis à deux doigts de tomber dans les pommes. Je vais me noyer, mourir… ou pire : dire tout ce qu'ils veulent me faire dire… quand, soudain, j'entends M. Bernstein tonner :

— Que se passe-t-il ?

Eddy et sa bande me lâchent contre la cuvette et filent. Je me retrouve à genoux, secoué de sanglots. Je ne peux plus m'arrêter de hoqueter. M. Bernstein s'agenouille près de moi. Il m'attire contre lui.

— Voilà, c'est fini. Ils sont partis.

Sauf qu'ils reviennent.

— Oh, les pervers !

Eddy brandit un téléphone portable et filme M. Bernstein en train de me serrer dans ses bras.

— Sors d'ici ! hurle le professeur.

Eddy ne se le fait pas répéter. Il est déjà en train de brailler dans le couloir :

— Il y a des pervers dans les chiottes ! Venez voir ! On a des pervers dans les chiottes !

M. Bernstein m'aide à me nettoyer et m'accompagne au bureau. La première heure est commencée et notre classe reste sans surveillance, mais ça lui est égal. Il rapporte l'incident à la secrétaire et demande à parler à M. McGregor.

— M. McGregor est en réunion avec M. Samuels, répond Mme James. Je lui demanderai de vous appeler dès qu'il aura terminé.

Nous retournons en classe. À mi-chemin, nous entendons un rugissement en provenance de la salle d'histoire. Des professeurs sortent la tête dans le couloir. Je serre les dents en franchissant la porte.

Tous les élèves sont rassemblés autour d'Eddy, qui leur montre sa vidéo.

Ils se figent en nous voyant.

— Asseyez-vous ! aboie M. Bernstein.

Ils obéissent.

M. Bernstein foudroie Eddy du regard.

— Chez le directeur ! Immédiatement !

Eddy fait un clin d'œil à la classe et se dirige vers la porte en traînant les pieds, brandissant son téléphone portable. Quelques secondes plus tard, un brouhaha s'élève dans le couloir. Mon ventre se soulève. Eddy a fait suivre la vidéo. Je parie que toute l'école est en train de la regarder. Ça ne m'étonnerait pas qu'il l'ait balancée sur YouTube.

M. Bernstein commence son cours. Au bout de dix minutes, on frappe à la porte. C'est le surveillant.

— M. Samuels et M. McGregor veulent vous voir, Sabiri et vous, annonce-t-il. Je viens prendre la relève.

Nous arrivons au bureau au moment où Eddy en sort.

— Retourne là-dedans, lui ordonne M. Bernstein.

— M. Samuels m'a laissé partir, réplique Eddy avec un rictus triomphant, avant de s'éloigner dans le couloir.

M. Bernstein devient écarlate, mais il a d'autres chats à fouetter.

— Attends-moi ici, me dit-il en m'indiquant le banc devant l'accueil.

Il dépasse Mme James comme un ouragan et s'engouffre dans le bureau de M. Samuels.

— Pourquoi Eddy Harrison est-il dans le couloir? demande-t-il. Je l'ai envoyé ici pour qu'il s'explique.

— Cette entrevue n'a rien à voir avec Eddy Harrison, rétorque M. Samuels. Vous souhaiterez peut-être fermer la porte…

— Non. Je n'ai rien à cacher.

— Comme vous voudrez. M. McGregor et moi venons de regarder une vidéo extrêmement embarrassante.

— Je réconfortais un garçon qui s'est fait mettre la tête dans les toilettes!

— Nous savons seulement ce que nous voyons, et ce que verront les parents d'élèves, répond M. McGregor.

M. Samuels enchaîne:

— Cette semaine, la réputation de l'Académie a souffert d'une association avec le terrorisme. Cette vidéo est la dernière chose dont nous ayons besoin. L'Académie est une institution respectée. Notre rôle est de veiller à ce que cela dure. Faites-nous plaisir, Isaac, prenez un congé maladie. Nous vous rachèterons la fin de votre contrat.

— Vous plaisantez ! s'exclame M. Bernstein. À cause de ça ?

— Pas seulement, répond le directeur. Considérez que c'est la goutte d'eau qui fait déborder le vase. Depuis des années, nous recevons des plaintes concernant vos méthodes d'enseignement. Pour la seule journée d'hier, trois courriels de parents furieux : leurs fils leur ont rapporté que vous les aviez comparés à des nazis.

— C'est faux.

— Êtes-vous prêt à vous soumettre à une enquête publique ? Il y a aussi la question de la discipline. L'autre jour, j'ai cru comprendre que des pétards avaient explosé dans votre classe. Ce matin, il y a quasiment eu une émeute. Vous avez eu une longue et heureuse carrière à l'Académie, Isaac. Nous serions désolés de la voir s'achever par un blâme. Le choix vous appartient.

Un long silence.

— Et Sabiri ? demande M. Bernstein.

— Sabiri a détérioré le matériel de l'établissement. Il a juré en classe et il a été impliqué dans une bagarre sur le sentier Roosevelt, dit M. McGregor. Nous avons fait notre possible pour le remettre dans le droit chemin : des heures de retenue, un renvoi temporaire… Sans succès. Il ne nous reste que le renvoi définitif.

— Vous savez que vous êtes des phénomènes, tous les deux ?

M. Samuels ignore la remarque.

— Votre seconde heure de cours est annulée. Vous pouvez en profiter pour rassembler vos affaires.

M. Bernstein quitte le bureau du directeur la tête haute, la mâchoire crispée.

— Sabiri, vous êtes renvoyé, me dit M. Samuels en le suivant dans le hall.

— Ouais, j'ai entendu.

Je passe la porte derrière M. Bernstein. Il m'accompagne jusqu'à mon casier. Il a l'air rêveur.

— Quand je suis arrivé ici, le gymnase n'existait pas. On peignait les scores des matchs de football sur des plaques de contreplaqué que l'on glissait dans des rampes métalliques.

— Qu'est-ce que vous allez faire pour votre travail ?

Il s'adosse au mur :

— Autrefois, je me serais battu. Aujourd'hui, je ne sais pas… Je serai sans doute mort avant la fin de la bataille. Je devrais peut-être considérer cela comme une chance. Howard adore voyager. Et ce serait agréable de passer du temps avec nos petits-enfants.

Howard ? Des petits-enfants ? Je me retiens de poser des questions.

M. Bernstein me fait un clin d'œil.

— Assez parlé de moi. Toi aussi, tu es renvoyé. Pour ça, on va se battre.

— Non, monsieur !

J'ouvre mon casier et je répartis son contenu dans mon sac de gym et mon sac à dos.

— Ça va aller. Je vais retrouver mes amis à l'école de Meadowvale.

À condition qu'on m'y accepte… Et en admettant qu'Andy et Marty soient toujours mes amis… Que papa ne reste pas en prison jusqu'à la fin de ses jours, que maman ne tombe pas raide morte, que je ne me retrouve pas dans un foyer.

En général, je suis assez doué pour donner le change. Mais M. Bernstein lit dans les pensées. Il incline la tête.

— Qu'est-ce qu'il y a ? Je veux dire : à part tout le reste.

Je m'affale contre la porte de mon casier.

— J'ai peur.

— Moi aussi, parfois. Mais voilà ce que je me dis…

Il me pose une main sur l'épaule.

— On ne peut pas choisir ce que la vie nous envoie. En revanche, c'est nous qui décidons ce que nous en faisons. Nos choix définissent notre personnalité. Et cela, personne ne peut nous le retirer.

— Ça me fait une belle jambe.

— Exact, sourit-il. Surtout de la part d'un homme qui vient de se faire mettre à la retraite.

Je lui rends son sourire. Nous restons debout, sans trop savoir quoi dire ni quoi faire.

— Bon, ben…

J'enfile mon sac à dos et je soulève mon sac de sport.

— Je crois que je vais y aller.

Il hoche la tête.

— Comme tu n'es plus mon élève, je vais te dire une dernière chose : si jamais tu as besoin d'aide, ou de quelqu'un pour t'écouter, tu me trouveras dans l'annuaire téléphonique, sous le nom de Howard Taylor, à Beachwood.

— Merci. Merci beaucoup !

Et soudain j'ai une illumination : l'annuaire téléphonique. Des numéros. Des noms. Des adresses. Comment n'y ai-je pas pensé plus tôt ?

— Monsieur Bernstein, je suis vraiment désolé, mais je dois filer.

Une seconde après, je suis à la bibliothèque, devant un ordinateur.

Je lance Google et je tape *Toronto + annuaire téléphonique*. Je choisis le premier site qui s'affiche, puis je clique sur *Trouver une personne*.

Dans l'encadré, je tape : *Hasan, T.*

Je trouve huit Hasan, T., avec des numéros de téléphone et des adresses.

Je fouille dans mon portefeuille, où j'ai rangé le papier avec les numéros de téléphone à Toronto trouvés dans l'ordinateur de papa. Je vérifie celui de l'éventuelle petite amie de papa. Bingo ! C'est celui de T. Hasan, domicilié Gerrard Street.

Après avoir noté l'adresse complète, je me déconnecte, je quitte le bâtiment et je dévale le sentier Roosevelt en haletant.

Je ne suis guère plus avancé, mais je sais au moins une chose : papa n'a pas téléphoné à une femme. Il a appelé Tariq Hasan. La voix sur le répondeur devait être celle de sa femme, de sa mère, de sa petite amie ou de sa sœur…

La bonne nouvelle, c'est que papa n'avait pas de liaison. La mauvaise : il connaissait Hasan avant d'aller à Toronto et d'être photographié avec lui. Du coup, le courriel qu'on nous a lu au tribunal paraît encore pire.

Comment papa s'est-il retrouvé en contact avec un terroriste ? De quoi ont-ils parlé ? Qu'y avait-il dans le paquet qu'il a préparé pour lui ? Où est ce paquet aujourd'hui ? Quels sont ces « projets » de Tariq que papa disait admirer ?

Papa est le seul à le savoir, avec Hasan. Hasan est la clé. Sans lui, papa est coincé. Mais Hasan se cache. Il pourrait être n'importe où.

Non, attends ! Je sais comment le piéger. Je suis le seul à pouvoir le faire.

Andy et Marty.

J'ai besoin d'eux.

Maintenant.

Quatrième partie

27

J'arrive devant l'école secondaire de Meadowvale à l'heure du dîner. C'est une véritable ménagerie. De petits groupes d'élèves traînent autour de l'escalier. D'autres profitent du soleil d'automne, allongés sur la pelouse ou assis sur les gradins près de la piste de course. Les fumeurs sont massés sur le trottoir en face de l'école. J'en reconnais quelques-uns qui étaient en 2e secondaire avec moi. S'ils me voient, ils n'en laissent rien paraître.

Où sont Andy et Marty ? Un flot de voitures s'écoule du stationnement. Ça ne m'étonnerait pas qu'ils soient allés s'acheter des hamburgers au centre commercial.

Je me trompe.

– Sammy !

Je regarde sur ma gauche. Andy arrive vers moi en bondissant. Marty est derrière lui. Il essuie son visage plein de chocolat.

— Salut, mon pote ! Quoi de neuf ? Ça va ?

Ils m'entraînent vers la *Deathmobile*. Andy démarre, sort du stationnement et prend la rue principale. Il dépasse le centre commercial et la zone industrielle sans cesser de jacasser. Marty n'est pas en reste. Je crois que je ne me suis jamais senti aussi bien, de toute ma vie.

— Pourquoi vous ne m'avez pas appelé ?

— Et toi, pourquoi tu n'as pas appelé ? rétorquent-ils.

Ils m'apprennent que leurs parents leur ont confisqué leurs portables. Ils craignaient que la Sécurité intérieure ne mette leurs téléphones sur écoute, au motif que j'étais copain avec leurs enfants. La mère d'Andy était soûle : « Si on est sur écoute, disait-elle, j'espère que le FBI a entendu ton abruti de père appeler ses putains ! »

Andy et Marty n'ont pas renoncé. Ils ont essayé de m'appeler des dizaines de fois depuis des cabines téléphoniques. Ce sont les appels que j'ai pris pour des canulars et que j'ai supprimés.

— On a bien pensé venir frapper chez toi, me confie Andy, mais il y avait plein de caméras. En plus, avec tout ce qui se passait, on s'est dit que tu n'avais sûrement pas envie qu'on débarque.

— Vous plaisantez ? J'avais trop envie de vous voir. J'ai cru que vous m'aviez laissé tomber.

— Laissé tomber ? s'exclame Marty. Tu n'as qu'à nous insulter, en plus !

— J'ai dit à Marty que tu viendrais nous voir quand tu aurais besoin de nous, explique Andy. Hier et avant-hier, on a attendu devant l'école, avant et après les cours, et le midi.

— J'ai été privé de centre commercial, gémit Marty.

Je souris.

— Donc, il n'y a pas de problème !

— Aucun problème. C'est trop bon de te revoir !

Je leur raconte que je viens de me faire renvoyer et que je vais sûrement me retrouver à l'école avec eux. Ils poussent des « hourra ! » à me rendre sourd et Andy manque de rentrer dans la camionnette qui nous précède.

Nous arrivons à Fenton Park. Andy gare la voiture à l'ombre d'un érable, près des courts de tennis. Deux types d'un certain âge s'échangent des balles. Autrement, nous sommes seuls. On sort de la voiture, on s'étire et on va inspecter les tables de pique-nique voisines, l'idée étant de trouver un endroit sans crottes d'oiseaux pour s'asseoir. Andy et Marty dégottent un dessus de table à peu près propre. Je reste debout.

— J'imagine que vous avez entendu parler du courriel que mon père a envoyé à la Fraternité des Martyrs…

Ça leur cloue le bec. C'est vrai que, pour casser l'ambiance, c'est l'idéal.

Andy hésite.

— Alors, il y a du nouveau ?

— Pas grand-chose. Sauf…

Je regarde passer un écureuil et j'essaie de prendre un ton détaché pour finir ma phrase :

— Sauf que j'ai besoin de vous pour m'emmener au Canada.

Andy secoue la tête comme s'il avait mal entendu.

— Quoi ?

— Je dois aller au Canada, mais je n'ai pas de permis, et encore moins de voiture. Et, même si j'avais les deux, je serais arrêté à la frontière. Avec mon nom, et surtout celui de mon père… Conclusion : je dois passer la frontière à un endroit où il n'y a pas de contrôles. C'est-à-dire sur l'eau. Mais je n'ai pas de bateau et, si j'en avais un, je ne saurais pas le piloter. J'irais m'échouer sur la première île venue. C'est pour ça que j'ai besoin de toi. Je voudrais que tu m'emmènes sur le Catalina.

Marty se gratte le nez.

— Tu as fumé ?

— Non.

— Tu devrais.

Andy fouille dans sa poche.

— Tu veux un Prozac ?

— Je suis sérieux, les gars. J'ai besoin d'entrer au Canada. Demain, si possible.

— On est au milieu de la semaine.

— Depuis quand ça te pose un problème de sécher les cours ? Dis à tes parents... je ne sais pas, moi : que le *National Enquirer*[1] te traque pour faire un article. Ou qu'un pervers t'a vu à la télé et qu'il te harcèle. N'importe quoi. L'idée, c'est de les convaincre que tu dois absolument partir, sans quoi tu risques de faire ou de dire un truc qui leur attirera des ennuis.

— Whoa ! m'interrompt Andy. Pourquoi tu veux aller au Canada ?

— J'ai un truc à faire à Toronto. C'est à quelques heures de route du chalet. Tu pourrais m'y emmener dans la Chevrolet bouffée aux mites qui dort dans le garage. Marty et toi, vous iriez voir les Jays, les Leafs. Vous pourriez monter sur la tour CN, faire ce que vous voulez... Je règle mes affaires, on se retrouve et on rentre à la maison. En une journée, c'est plié. Ça pourrait être sympa. Qu'est-ce que vous en dites ?

— J'en dis que ce n'est pas drôle, réplique Andy. Quel genre de « truc » tu vas faire à Toronto ? Pourquoi ça ne peut pas attendre ?

— Si tu ne poses pas de questions, tu n'auras pas d'ennuis.

— Si tu ne réponds pas aux questions, tu n'iras nulle part, réplique-t-il.

---

1. Un tabloïd américain.

J'abats les poings sur la table.

— Je croyais qu'on était amis.

— Exact, dit Andy. Mais tu dois nous faire confiance. Alors ? C'est quoi, l'idée ?

— C'est au sujet de papa.

Je m'efforce de garder une voix posée :

— Il dit qu'il est innocent. Je sais que c'est difficile à croire, mais imaginez qu'il le soit vraiment ! Il faut que je l'aide.

— Comment ?

— En découvrant la vérité. Et, pour cela, je dois trouver Tariq Hasan.

— Le terroriste ? demande Marty.

Comme si je pouvais parler d'un autre Tariq. Tariq le plombier, par exemple.

— Ouais, le terroriste.

Les gars me regardent comme si j'étais tombé sur la tête.

— Et comment tu comptes t'y prendre, au juste ? se renseigne Andy, les sourcils arqués jusqu'à la racine des cheveux.

— Pour commencer, je vais à Toronto. C'est pour ça que j'ai besoin de vous. J'ai le numéro de téléphone de Hasan. J'ai même essayé d'appeler. J'ai aussi son adresse.

— Et alors ? dit Andy. Je te rappelle qu'il a disparu.

— Ouais, confirme Marty. Tu crois qu'il est caché dans son placard, ou quoi ? Ou derrière son rideau de douche. Tu crois qu'il s'est dit : « J'ai le FBI aux trousses, mais pas de panique. Je n'ai qu'à me peindre de la couleur du mur, ça devrait faire… » ?

— Tu ne trouveras jamais Hasan, renchérit Andy. Personne ne sait où il se cache. Ni le FBI. Ni la NSA. Personne.

— Ce n'est pas vrai. Quelqu'un sait forcément quelque chose. Prenez les gangs de criminels. Lorsqu'il y a une fusillade, il y a presque toujours des témoins. Pourtant, personne ne parle. Pourquoi ? Par loyauté ? Par peur ? Pour tout un tas de raisons. Eh bien, là, c'est exactement pareil. Où que soit Hasan, il est forcément ravitaillé par quelqu'un. Protégé. Peut-être par une amie, un parent. On entend une voix de femme sur son répondeur. C'est peut-être elle qui l'aide, ou une amie à elle, ou un ami à lui, un voisin, quelqu'un de sa mosquée…

— D'accord, dit Andy. Mais cette personne se tait. Pourquoi te parlerait-elle à toi plus qu'aux autres ?

— Parce que.

Je lui tapote la poitrine d'un doigt :

— Parce que je suis le fils du présumé complice de Hasan. Le fils d'un directeur de labo de catégorie 4, le docteur Arman Sabiri, alias Docteur-la-Mort.

Je le laisse réfléchir, puis j'enfonce le clou.

— D'après le courriel qu'ils ont lu au tribunal, papa avait préparé un paquet pour Hasan. Il a été arrêté avant d'avoir pu le lui donner. Moi, si j'étais Hasan, je voudrais récupérer ce paquet à tout prix. Et, si un complice me disait que le fils du Docteur-la-Mort est passé à mon ancien appartement, je me demanderais s'il ne me l'a pas apporté…

Andy et Marty me dévisagent. J'ai enfin l'impression qu'ils me prennent au sérieux.

— C'est vrai que je ne sais pas où Hasan se cache, dis-je. Et c'est vrai que je ne peux pas me lancer à sa recherche. Mais c'est inutile. Je n'ai qu'à me présenter chez lui. C'est lui qui me trouvera.

Andy en reste bouche bée.

— Tu vas te changer en appât ?

Je hoche la tête.

— Les gens ne parlent pas aux flics. Mais je ne suis pas un flic. Je suis un gamin petit, maigrichon, à la peau brune. Je peux passer entre les mailles du filet.

— Minute ! Ce n'est pas un jeu vidéo, s'exclame Marty. Sans vouloir te vexer, Sami, tu n'as pas l'étoffe d'un héros. Tu n'es même pas fichu de tenir tête à ton Eddy, là, à l'Académie.

— Oublie Eddy. C'est de mon père qu'on parle. Tu comprends, non ?

— Ce que je comprends, c'est que tu n'es pas dans ton état normal. Je ne vois pas comment on pourrait faire un truc pareil tous les trois. Pour faire équipe avec toi, il te faut des gars du FBI, des types sérieux.

– Non !

Je contourne la table.

– Si Hasan soupçonne qu'on lui tend un piège, c'est fichu. En plus, vous croyez vraiment que le FBI me laisserait l'approcher ? À la seconde où ils découvriraient sa cachette, ils lui tomberaient dessus. Il serait tué dans une fusillade, ou enfermé à vie, et son témoignage serait classé secret défense. Dans les deux cas, papa se ferait avoir.

– Il s'est déjà plus ou moins fait avoir, observe Andy.

– Andy a raison, insiste Marty. Tu veux prendre beaucoup de risques pour pas grand-chose, et tu nous demandes d'en faire autant.

– Pas du tout ! Hasan n'a aucune raison de me faire de mal. Je suis le fils de son « complice », non ? Quant à vous, il ne connaîtra même pas votre existence. Le pire qui puisse vous arriver, c'est d'être marqués absents à l'école.

Je m'appuie contre la table.

– J'ai besoin d'une réponse. Est-ce que vous êtes avec moi ?

Andy « Panpan » tapote du pied. Marty se tortille. Ils se regardent mutuellement, puis fixent l'herbe. Je soupire.

– Ça veut dire non ?

Andy hausse les épaules, l'air désespéré.

— C'est trop. C'est trop rapide. Peut-être, si tu avais demandé ça à un autre moment…

— C'est maintenant ou jamais.

Je consulte ma montre.

— Vous devriez retourner à l'école. Vous allez être en retard.

Je tourne les talons et je me dirige vers la voiture. Andy et Marty m'emboîtent le pas. Andy met le contact et allume l'autoradio. Nous sortons du stationnement. Personne ne parle. Andy fixe la route. Marty et moi regardons distraitement dehors. On traverse la zone industrielle.

— Je te dépose chez toi ? propose Andy d'une voix calme.

Je secoue la tête.

— Laisse-moi au bord de l'autoroute.

— Quoi ?

— Je vous ai demandé votre aide. Vous avez refusé. Tant pis. Je vais me débrouiller autrement.

Marty cligne des yeux.

— Tu comptes aller à Toronto par tes propres moyens ? Comment ?

— Ça ne te regarde pas.

— Si, ça nous regarde ! proteste Andy. Tu es notre ami.

— Ce n'est pas l'impression que ça donne.

— Sammy…

— Arrête la voiture. Laisse-moi descendre.

Andy accélère.

— Pas question. Pas pour te laisser faire un truc aussi fou. Il faut qu'on parle.

— Pourquoi ? J'ai des trucs à faire et je vais les faire. Tu ne peux pas m'en empêcher.

— Qui parle de t'en empêcher ? C'est juste...

Andy crispe les mains sur le volant.

— Ce que tu veux... C'est énorme.

— Et alors ? Si papa est innocent et que je ne fais rien... Comment je vais vivre avec ça ?

— Et s'il est coupable ? lâche Marty.

— Au moins, je saurai la vérité.

Andy coupe la musique. Le silence est insupportable. Aucun de nous ne sait quoi faire ou quoi dire. Finalement, Andy lâche :

— Tu parles de culpabilité ? Imagine que tu partes seul et qu'il t'arrive quelque chose... Comment on sera censés vivre avec ça, Marty et moi ?

— Vous verrez bien.

Marty s'essuie les mains sur son jean. Andy tapote le volant du bout des doigts.

— Ce que tu as dit tout à l'heure... ce n'est pas idiot, admet-il enfin. Hasan n'a aucune raison de te faire du mal. Et nous, il ne sait même pas qui nous sommes. En plus, rien ne garantit que tu arriveras à le voir. Alors, ce n'est peut-être pas aussi risqué. Peut-être pas...

Andy s'arrête au bord de la route. Il pose le front sur le volant, puis balance la tête en arrière. Elle rebondit sur l'appuie-tête.

— Ok. Laisse-nous la soirée pour convaincre nos parents, dit-il tranquillement. Je vais proposer à maman d'aller fermer le chalet pour l'hiver. Je lui dirai que ça prendra un jour ou deux et que j'ai besoin de Marty pour m'aider. Que c'est le moment idéal parce qu'on ne fait rien à l'école, vu que tout le monde parle de... tu sais quoi. Une fois que maman sera convaincue, elle appellera la mère de Marty, et ça devrait marcher.

Je me tourne vers Marty.

— Tu es d'accord ?

— Tu me prends pour un lâche ? demande-t-il en regardant par la fenêtre.

Ce n'est pas vraiment une réponse, mais je m'en contente.

— Une chose..., ajoute Andy, hyper sérieux. Si on t'accompagne, tu nous tiens au courant de l'endroit où tu vas. S'il y a un problème, il faudra qu'on soit tout près pour appeler les secours.

— D'accord.

— Autre chose. Si tu vois Hasan, à la seconde où tu quittes sa cachette, on appelle les flics.

— Ça marche.

— Ça marche, répète Marty.

Ses joues sont marbrées de rouge. Andy lui donne un coup de poing amical dans l'épaule.

– Va savoir… Si on trouve Hasan, on aura peut-être une récompense. Genre, un abonnement à vie chez Ben & Jerry's. Pense juste à prendre un slip de rechange, en cas d'accident.

Marty rougit comme une tomate.

– Ha, ha ! Alors, on se retrouve à quelle heure ?

– Je passe vous chercher à cinq heures et demie, répond Andy.

– Du matin ?

– À ton avis ? Évidemment, du matin ! Ça s'appelle l'effet de surprise. On ne veut pas être suivis, alors on ne va pas traîner dans les parages. Je freine devant chez toi, tu sautes sur le siège passager et on décolle.

Nous synchronisons nos montres, puis Andy se tourne vers moi.

– Sammy, au cas où ta maison serait surveillée, passe par-derrière. Quand tu m'entendras démarrer, faufile-toi par le trou dans la haie et traverse le golf en courant. Je serai garé le long de la clôture au niveau du douzième trou, près du petit parc, à la hauteur du 535 Braddock Crescent. Pigé ?

– Pigé.

28

En arrivant à la maison, je trouve un mot sur la table de la cuisine : *Je suis à l'étage avec une migraine. S'il te plaît, ne me dérange pas. Il y a des poivrons farcis dans le frigo. Bisous. Maman.*

Le voyant du répondeur clignote. On a reçu deux messages. Le premier est de M. McGregor : « Je suis au regret de vous informer que bla, bla, bla… les frais de scolarité ne peuvent pas être remboursés. »

J'appuie sur SUPPRIMER.

Le second message vient de la pharmacie : « Allô, Neda, ici Deb. Écoute, ne le prends pas mal… Tu sais comment sont les gens. Je suis sûre que Frank te reprendra dès que les choses se seront tassées. Appelle si tu as besoin de moi. »

« Frank te reprendra » ? Je réécoute le message. J'ai bien entendu. Maman a perdu son boulot.

Furieux, j'ouvre violemment la porte du frigo. Et soudain je suis pris de vertige. Je m'effondre sur une chaise et je laisse tomber ma tête entre mes genoux. Maman est au chômage, papa en prison. Où trouverons-nous de l'argent ? Comment allons-nous payer l'avocat de papa ? Faudra-t-il vendre la maison ? Va-t-on se retrouver à la rue ?

Je me masse la nuque. « Ça va aller. Ça va aller. » Ouais, tu parles…

Je renonce au souper et je vais directement me coucher. Il faut que je sois en forme demain pour innocenter papa. Pas seulement pour lui : pour maman et pour moi aussi. Notre avenir en dépend.

Je m'endors bien après minuit et je me réveille à quatre heures du matin, trempé de sueur. Pour la première fois de ma vie, j'éprouve le besoin de prier. Je me lave les mains et les pieds dans le lavabo de la buanderie. Je pose une couverture par terre en guise de tapis de prière. Je me prosterne face à La Mecque et je prie en arabe pour que Dieu m'accorde sa bénédiction.

J'ai récité la première sourate du Coran si souvent qu'à force, je n'entendais plus ce que je disais. Mais cette nuit, dans l'obscurité qui précède l'aube, les mots me paraissent limpides. Chaque syllabe me relie à une force qui me dépasse, à un monde d'autres croyants récitant les mêmes prières. Mon front me picote. Je suis seul.

Je n'ai pas peur. Je vais sauver mon père et ma famille, *inch'Allah*.

Cinq heures et demie. Le silence est de plomb. J'ai rangé des sous-vêtements de rechange, une chemise, des chaussettes et une brosse à dents dans mon sac à dos. Je laisse un mot à maman près de la cafetière :

J'espère que ta migraine est passée. Je suis avec Andy et Marty. Je n'ai pas pu te demander la permission parce que tu dormais. Ne t'inquiète pas si je ne rentre pas ce soir, je t'appellerai. Tout va bien. Bisous. Sami.

Je culpabilise un peu pour cette histoire de permission. C'est vrai que maman dort, mais je serais parti sans son autorisation même si elle avait été éveillée.

J'entends Andy démarrer sa voiture.

J'empoigne mon sac à dos et je me faufile dans le jardin. Je rampe sous la haie. Me voici sur le terrain de golf. Il n'y a pas de lune. Avec mon jean et mon coton ouaté à capuchon noirs, je suis quasiment invisible. Pourtant, j'avance courbé dans l'ombre des buissons. Je zigzague comme un furet dans les allées, traverse les fosses de sable et contourne les trous d'eau. Je fonce vers la rangée d'ormes sur la douzième allée. J'escalade la clôture et cours vers la rue.

Andy n'est pas là.

Une fraction de seconde plus tard, la *Deathmobile* apparaît au détour du virage. Je saute à l'arrière sans attendre qu'elle soit arrêtée. Je m'allonge sur la banquette, le temps de quitter le quartier.

Andy est survolté, shooté à l'expresso. Hier, avant de le quitter, je lui ai donné l'adresse de Hasan. Il a préparé l'itinéraire entre le chalet et le pied de son immeuble grâce à Google. Il a aussi téléchargé une foule de choses : des trucs intéressants à voir en chemin, des cartes de Toronto avec les sens de circulation, des lieux à visiter si notre mission est un fiasco, plus une liste des auberges de jeunesse, au cas où on devrait dormir sur place. Le tout réuni dans une chemise en carton sous le nom de code : *Géographie – Voyage d'études à Toronto.*

— Sur le dessus, j'ai mis trois cartes du centre-ville, une pour chacun, précise-t-il. Vous voyez l'étoile rouge à l'angle des rues Yonge et Dundas ? Il y a un stationnement découvert en face du centre commercial, le Centre Eaton. Ce sera notre lieu de rendez-vous si jamais on est séparés. Maintenant, mettez votre carte dans une poche, avant d'oublier.

Nous obéissons. La mienne rejoint mon stylo bille dans la poche de mon jean.

— Si tu passais autant de temps à faire des recherches pour tes exposés, tu n'aurais que des A, dis-je.

— Ouais. Et tu n'as pas tout vu, fait Andy avec un clin d'œil, un soupçon de mystère dans la voix.

Après avoir bifurqué sur l'autoroute, il ouvre la boîte à gants, dont il sort un sac en papier épais.

— Regardez ma petite surprise.

— C'est quoi ?

— Un équipement de sécurité.

Il sourit de toutes ses dents avant d'ajouter :

— Il y en a trois. Un pour chacun.

Je commence à stresser.

— Pas question, Andy ! Pas d'armes.

— Arrête de capoter. C'est juste des portables.

— Nos parents nous ont rendu les nôtres au cas où on aurait un problème au chalet, rappelle Marty.

— Ouais. En nous interdisant d'appeler Sammy. Tu crois qu'ils ne vont pas éplucher nos relevés ?

Andy tient le volant de la main gauche. De l'autre, il fouille dans le sac. Il nous lance à chacun un téléphone en plastique.

— Ce sont des portables sans abonnement de chez Dollar Value. Ils ont un peu de crédit. Pas d'identifiant d'abonné. Après utilisation, tu les jettes. Impossible de tracer les appels. C'est exactement ce qu'il nous faut pour rester en contact, au cas où Sammy aurait un pépin.

Si cette explication était censée me réconforter, c'est raté.

À l'automne et en milieu de semaine, la marina d'Alexandria Bay est quasiment déserte. On n'y croise que quelques retraités en veste et bonnet de laine, qui pêchent au bout de la jetée.

— Soyez naturels, nous chuchote Andy.

On achète des appâts dans un distributeur automatique pour faire croire qu'on est venus attraper des poissons, et non des terroristes. Puis on rejoint la jetée numéro 4, ponton 22.

— La voilà, dit Andy. Notre bonne vieille *Cirrhose du fleuve*.

Après avoir embarqué nos affaires et sorti les gilets de sauvetage de leur caisse, on détache les amarres. Le vieil homme qu'Andy a l'habitude de saluer est fidèle au poste. Il marche d'un bon pas dans l'air piquant, nous fait un signe de tête et souffle dans ses mains. Un instant plus tard, nous naviguons vers le large en louchant face au soleil.

J'ai un peu mal au cœur. Je ne sais pas si c'est l'appréhension ou le déjeuner au McDo. Je crie à Andy de ralentir. Il fait la sourde oreille. Je m'accroche au bastingage en imaginant qu'on est déjà demain. Que notre expédition est terminée et que nous sommes sains et saufs.

Lorsqu'on accoste devant le chalet, je me sens déjà mieux. Marty fonce aux toilettes faire son caca du matin. Quelques minutes plus tard, il en ressort en hurlant :

— Des chauves-souris ! Des chauves-souris !

Il a dérangé un bébé chauve-souris accroché à la tringle à rideau. Et cet imbécile doit m'aider à débusquer le chef d'un groupuscule terroriste… Je rêve !

Andy entre dans la cuisine. En leur absence, les J. débranchent la batterie de la Chevrolet, qu'ils rangent dans une boîte à biscuits au-dessus du frigo. Ça permet à la batterie de rester chargée et ça décourage les voleurs. À neuf heures et demie, elle a retrouvé sa place sous le capot. Les pneus sont un peu dégonflés, mais ça suffira pour aller jusqu'à la station-service au bout de la rue.

Andy ouvre le coffre. Il sort d'une caisse en plastique une clé à molette et une clé en croix, qu'il frappe contre sa main. J'espère qu'il n'a pas l'intention de jouer les héros. En même temps, c'est le seul de nous trois qui serait capable de nous sortir du pétrin.

Son jean est un dédale de fermetures Éclair et de Velcro : le couteau suisse des pantalons. Il glisse la clé à molette dans une poche contre sa cuisse et range la clé en croix sous le siège passager. Je fais celui qui ne remarque rien.

Le chalet fermé à clé, il vérifie soigneusement les amarres du Catalina. J'en profite pour jeter un dernier regard au paysage. Le reverrai-je un jour ?

– Sammy, bouge tes fesses ! gueule Andy.

Et nous voilà partis.

29

Nous slalomons entre les poids lourds sur l'autoroute 401, direction Toronto. C'est rapide, mais pas très pittoresque. Je consulte ma montre toutes les deux minutes et je me calme en priant.

— Pickering, annonce Andy. On approche. Regardez la centrale nucléaire sur votre gauche.

Je découvre un ensemble de bâtiments en béton, avec un lac à l'arrière-plan. Une cible de choix depuis les airs.

— Il y a des infos à ce sujet dans mon dossier, ajoute Andy. Une histoire de fous.

Il fait allusion à une affaire dont M. Bhanjee nous a déjà parlé pour nous rassurer, maman et moi. Quelque temps après le 11 septembre, la police canadienne a arrêté vingt-trois Pakistanais et un Indien, soupçonnés de terrorisme. Plusieurs avaient des visas d'étudiants expirés et fréquentaient la même *madrasa*. Mais s'ils ont été interpellés, c'est parce qu'ils s'entraînaient à piloter des avions au-dessus de la centrale nucléaire. L'opération, intitulée *Project Thread*, a échoué. On a en effet découvert que toutes les écoles de pilotage de la région avaient les mêmes itinéraires de vol. Et pourquoi survolaient-ils une centrale nucléaire ? À cause de la vue exceptionnelle.

« Les autorités ont été forcées d'admettre qu'elles n'avaient aucune preuve, nous a rapporté M. Bhanjee. Les hommes ont été relâchés sans qu'il y ait de procès. Morale de l'histoire : l'État peut se tromper et les innocents sont remis en liberté. »

Exact, mais combien de temps ces hommes ont-ils passé en prison pour rien ? Et ensuite ? Selon l'article, les présumés terroristes ont été renvoyés au Pakistan, où ils ont été harcelés par la police et traités en criminels, incapables de trouver du travail. Peut-on vraiment parler de fin heureuse ?

D'ailleurs, quel rapport avec papa ? Il n'y avait aucune preuve contre ces gars : pas de courriel, pas de facture de téléphone, pas de vidéo compromettante. Et ce n'est pas parce qu'il arrive aux autorités de se tromper qu'elles se trompent chaque fois. C'est sûr, on arrête parfois des innocents. Mais tous ceux qui sont arrêtés ne le sont pas. Non, stop. Il faut que je me calme.

— Toronto, crie Andy. On arrive ! Guidez-moi : il faut prendre la Don Valley Parkway.

L'instant d'après, on fonce vers le centre-ville sur une autoroute qui serpente à travers les bois, les parcs, les crêtes et les ravins. La tour du CN se dresse dans le lointain, sur la droite. Selon Google, Hasan habite tout près, dans un quartier surnommé « la Petite Inde ».

Andy prend la bretelle de sortie, négocie un virage délicat et se mêle à la circulation qui gravit en lacets une colline pentue. Au sommet, il consulte la carte et prend un nouveau virage en épingle à cheveux pour rejoindre l'avenue Greenwood. Au carrefour avec l'avenue Danforth, je repère des femmes portant des hijabs et plusieurs hommes en tenue islamique, devant un immeuble insignifiant. Une mosquée, sans doute. C'est l'heure des prières du midi.

— On arrive dans une seconde, dit Andy.

Nous descendons une colline, longeons un immense hangar de transit sur notre droite, des maisons de ville à gauche. On passe sous un pont autoroutier, puis devant une série de maisons délabrées.

Et soudain, nous voici dans Gerrard Street. La rue de Hasan. À un angle, un vendeur de pizzas. En face, un dépanneur avec un petit stationnement.

Je tapote l'épaule d'Andy.

— Freine. Je vais appeler chez Hasan pour voir s'il y a quelqu'un.

— Bonne idée, approuve-t-il. Mais ne gaspille pas tes minutes. Il y a une cabine téléphonique là-bas. Pendant ce temps, Marty et moi, on va acheter un truc à manger.

— Pas de jambon ni de saucisse.

— Quoi ?

— C'est *haram*.

Andy me regarde bizarrement.

— *Haram* ? Comme la liste que ton père te filait quand tu venais au chalet ?

— Ça te pose un problème ?

Andy se passe une main dans les cheveux.

— Non. C'est juste que... Je croyais que tu n'étais pas religieux.

— Je ne sais pas ce que je suis. Je ne veux pas prendre de risques, c'est tout.

Je sors de la voiture pour aller téléphoner. La ligne est toujours en service, mais je tombe sur le répondeur : «Bla bla bla, vous savez ce qu'il vous reste à faire», *biip*.

Sauf que, cette fois, je sais effectivement quoi faire. Je raccroche et je rappelle un nombre incalculable de fois. S'il y a quelqu'un, il finira bien par répondre en hurlant, furieux. Au moment où je vais renoncer, une fille décroche.

— Allô ? Qui est à l'appareil ?

Je me tais.

— Qui que vous soyez, j'en ai marre de ce harcèle-ment, crie-t-elle. La ligne est sur écoute, alors, si vous continuez à m'emmerder, j'appelle le con de flic qui nous écoute pour lui demander de vous foutre en prison. Et, pendant que j'y suis, bonne branlette, sale flic! *Clic.*

Je souris. J'ai l'impression de m'entendre.

Andy klaxonne et je regagne la voiture en courant. On se partage une pizza au goût de carton : une pâte desséchée couverte d'une tache de sauce tomate et saupoudrée d'une poignée de champignons qui ressemblent à des cafards frits. Ça ne nous empêche pas de la dévorer. Andy redémarre et longe Gerrard Street en essayant d'éviter le couloir du tramway. Marty et moi regardons par les vitres, à l'affût des numéros.

La Petite Inde. Je ne comprends pas immédiatement la raison de ce surnom. On roule entre des maisons à un étage, au toit plat. On dépasse des hôtels miteux, une station-service, un vendeur de beignes, une laverie, des bouibouis et quelques bars sordides. Au-dessus des boutiques, des appartements tristes aux fenêtres masquées par des rideaux poussiéreux ou des stores déchirés. Par endroits, du papier d'aluminium et des morceaux de contreplaqué remplacent les carreaux manquants.

Soudain, le paysage change et tout s'explique. Nous avançons désormais entre deux enfilades de restaurants indiens et pakistanais, d'épiceries *halal*. Çà et là, une librairie islamique, des boutiques de bijoux et de tissus aux vitrines pleines de soieries et de saris. Une partie des marchandises déborde dans la rue : des présentoirs de foulards brillants, des plateaux de pâtisseries, des étalages de fruits et légumes avec des boîtes de mangues, des lychees sur leurs branches, des grenades mûres plantées au milieu d'un amas de casseroles et de poêles en cuivre. Des rôtissoires de *chiche kebab*…

Je plisse les yeux.

— Hasan doit habiter tout près d'ici.

— Vous ne trouvez pas ça bizarre ? dit Marty. Hasan est en fuite et les gens vaquent à leurs occupations.

— Et alors ? répond Andy. C'est peu probable qu'il se cache par ici. D'ailleurs, nous aussi, à Meadowvale, on a un terroriste non identifié. Ça n'empêche pas les gens d'aller au centre commercial.

Je repère l'étroite porte bleue que j'ai vue aux infos.

— Là ! C'est le numéro.

Andy roule jusqu'au carrefour suivant. La petite bibliothèque sur le trottoir d'en face m'est étrangement familière avec son escalier en ciment, sa vitrine occultée. Où l'ai-je déjà vue ? Mais oui ! Sur les photos du FBI. C'est ici que Hasan a rencontré papa.

Nous bifurquons dans une rue adjacente. Une allée sépare l'arrière des boutiques de Gerrard Street d'un fouillis de jardins clôturés qui s'étendent jusqu'au carrefour suivant. Je comprends que Hasan se soit échappé aussi facilement. Toutes les boutiques se touchent. Les appartements du premier étage ont tous des fenêtres et un escalier de secours, à l'arrière. Même si les flics ont déboulé des deux côtés en même temps, Hasan a pu grimper sur le toit, descendre n'importe où, sauter dans un jardin et disparaître en un éclair.

Andy gare la Chevrolet et me confie son plan :

— Bon, Sammy... Marty et moi, on va se cacher à la bibliothèque en face et on te regarde sonner chez Hasan. Si la femme ne répond pas à l'interphone, tu frappes jusqu'à ce que tu aies les articulations en sang.

— Non, attends ! Il ne faut pas se faire remarquer. Même s'il n'y a plus d'équipes de télé, les flics doivent surveiller l'appartement depuis une voiture, ou une fenêtre de l'autre côté de la rue. Peut-être même à l'arrière. Je vais d'abord passer devant, l'air de rien. Rendez-vous dans cinq minutes.

Les gars se dirigent vers la bibliothèque. Je relève mon capuchon et je marche lentement dans la rue en m'intéressant aux étals de fruits et légumes, aux portants de soieries. La porte de Hasan est coincée entre deux restaurants.

Je fais semblant de lire le menu végétarien dans la vitrine de droite, tout en lorgnant vers le cadre de la porte. Il y a six sonnettes. J'imagine que l'escalier mène à un couloir qui dessert des appartements situés au-dessus de plusieurs boutiques du rez-de-chaussée. Chaque sonnette est accompagnée d'un nom, sauf la 4, où l'étiquette a été arrachée. On devine facilement qui vivait dans cet appartement et pourquoi le nom a été retiré.

Je me détourne du menu et descends la rue en flânant, avant de traverser et de rebrousser chemin jusqu'à la bibliothèque. Andy et Marty sont assis à une table, dans la section «Ados». Marty lit une BD. Andy joue de la batterie sur ses genoux. Je les informe.

— Bon… On fait quoi, maintenant ? demande Marty.

Pour la première fois depuis que je le connais, il a posé cette question en me regardant. Andy me fixe aussi. C'est à la fois agréable et un peu écrasant. Surtout que je viens juste de prendre la mesure de notre bêtise.

— Voilà comment ça se présente : la copine de Hasan habite dans l'appartement 4, mais l'interphone est sûrement sur écoute. Alors, problème numéro un : si je lui dis ce que j'ai prévu – à savoir que je suis le fils de Sabiri et que j'ai quelque chose pour Tariq –, je suis mal pris. Celui qui surveille l'appart va me prendre pour un terroriste. Vous comprenez ?

Andy fronce les sourcils.

— Et le problème numéro deux ?

— Le deuxième problème, c'est que l'écoute téléphonique se déclenchera même si je me contente d'appuyer sur l'interphone, sans rien dire. Le type qui surveille saura que je veux la voir, et il me prendra sûrement en photo. Et pour quel résultat ? Vu la façon dont la fille a répondu au téléphone, elle ne me laissera pas entrer si je ne lui dis pas qui je suis. Et, là, on en revient au problème numéro un.

— On n'a qu'à surveiller la porte en attendant qu'elle sorte et la prendre en filature, suggère Andy.

Je secoue la tête.

— Ce sont les problèmes trois et quatre. Trois : Elle est sûrement déjà suivie. Si on la prend en filature, on aura les flics après nous. Quatre : Il y a six appartements là-haut, et on ne sait pas à quoi la fille ressemble. Imagine qu'une femme sorte de l'immeuble. Comme sait-on si c'est elle ? Qui suit-on ? En admettant qu'on puisse le faire, ce qui n'est pas le cas.

Un silence affreux s'installe. Une mouche se pose sur la table, nettoie ses ailes. L'estomac de Marty gargouille.

— Ça vous dit de retourner à la voiture ? propose-t-il. Et de manger une autre pizza ?

— Tu es obsédé par la bouffe ! le rabroue Andy.

— Désolé. Je pensais que…

Je me frappe le front.

— Une pizza ! Marty, tu es un génie !

— Moi ? Hein ?

Je me penche en travers de la table et je chuchote :

— J'ai un plan.

30

Je fais les choses dans l'ordre.

J'écris un mot destiné à la petite amie de Hasan et je le glisse dans ma poche. Puis j'échange mon coton ouaté avec Marty. Il est un peu grand pour moi, mais il me rend méconnaissable au cas où quelqu'un m'aurait pris en photo tout à l'heure. Enfin, je quitte les gars pour aller récupérer notre carton de pizza dans la voiture.

Je suis prêt.

Euh, non… En fait, je ne suis pas prêt du tout ! Sérieux, qu'est-ce que je fous là ? Je marche vers la porte d'un terroriste avec un carton à pizza. J'ai l'impression d'être dans un rêve. Mes pieds avancent tout seuls, pas moyen de les arrêter. Quand j'y pense, ça arrive souvent que des choses qui paraissent simples au départ se compliquent méchamment. Prenez notre virée sur l'île de l'ermite, par exemple… Ou alors, la situation devient totalement incontrôlable, comme cette histoire avec M. Bernstein dans les toilettes. Ou comme maintenant... Est-ce que je vais mourir ? Si seulement j'étais capable d'anticiper, de savoir dès le départ comment ça va tourner...

Je suis devant la porte bleue.

Hasan habite dans l'appartement 4, mais, pour brouiller les pistes, j'appuie sur l'interphone n° 5 en priant pour qu'on me laisse entrer. J'attends.

J'ai une envie folle de partir en courant, mais je suis prisonnier d'une vague qui me pousse en avant. Je rappuie sur la sonnette.

Je me force à respirer calmement. « Je ne fais rien de mal, je livre juste une pizza. Si je réussis à innocenter papa, c'est bien, non ? Si je trouve Hasan, je pourrai le dénoncer à la police... Ça aussi, c'est bien. En plus, Andy et Marty sont sur le trottoir d'en face avec des téléphones portables, au cas où ça tournerait mal. Je ne risque rien. Il n'y a pas de problème.

— S'il n'y a pas de problème, pourquoi tu transpires des pieds ?

— Tais-toi. Ne sois pas un lâche. »

Une dernière tentative à l'appartement 5. Pas de réponse.

J'essaye l'interphone n° 1. Rien.

Il y a forcément quelqu'un dans cet immeuble, à part la copine de Hasan.

Sonnette n° 2.

Bzzz. Bzzz. Bzzzzzzzzzzzzzzzz.

« Allez, quelqu'un, n'importe qui, laissez-moi entrer ! Je suis planté là depuis trop longtemps. Ça va paraître suspect.

— Pourquoi ? Tu livres une pizza. La personne chez qui tu as sonné est peut-être aux toilettes, ou en train de chercher son argent. C'est normal, non ?

— Ouais… Sauf que le carton à pizza est vide.

— Et alors ? Qui peut le savoir ? »

L'appartement 2 me répond. J'entends un grésillement dans l'interphone, puis une télé à l'arrière-plan.

— Oui ? Qui est là ?

— C'est pour la pizza…

Grésillement.

— Je n'ai pas commandé de pizza.

Grésillement.

— C'est pour l'appartement 5.

Grésillement.

— Alors, sonnez au 5.

La liaison est coupée.

Je rappuie sur la sonnette n° 2. Je la maintiens enfoncée un temps infini.

Grésillement.

— J'ai dit, essayez…

— Leur interphone ne marche pas !

Silence. Puis un clic dans la serrure. L'appartement 2 vient de m'ouvrir.

La cage d'escalier est peinte d'un jaune moutarde sale et il y flotte une odeur de poisson grillé. Si maman était là, elle sortirait son gel désinfectant. Je monte les marches en prenant soin de ne pas toucher la rampe.

Dans l'appartement 2, on écoute la télé à plein volume. Ses occupants ne prennent pas la peine de vérifier mon identité. Je longe le couloir jusqu'à l'appartement de Hasan et je sors le mot de ma poche. Je le relis. *Sabiri junior cherche votre ami. RDV bibliothèque en face, section voyages. Ne me faites pas attendre.*

La dernière phrase est une idée d'Andy censée me faire passer pour un dur. Bon, il n'y a rien dans ce message qui puisse m'attirer des ennuis. Du moins, je ne crois pas. Je fais coulisser le mot plusieurs fois sous la porte avant de le laisser. Un flic surveillant l'appartement avec un système d'écoute pensera qu'on se frotte les pieds sur le paillasson. Et la personne à l'intérieur devrait entendre le chuintement.

Soudain, je panique. Et si les gens de l'appartement 2 trouvaient louche que je n'aie pas frappé à la porte du 5 pour livrer ma pizza ? Pas grave : j'y vais de ce pas. Je sais que l'appart est vide, puisque personne n'a répondu quand j'ai sonné. Je cogne énergiquement au battant en criant :

— Pizza !

Dans ma tête, je prépare la suite. Je vais dire tout haut : « Comment allez-vous, monsieur ? Merci pour le pourboire. Au fait, je voulais vous prévenir que votre sonnette ne fonctionne pas. » Hélas, avant que j'aie pu prononcer un mot, la porte s'ouvre à la volée sur un gros type en sueur, une serviette éponge autour de la taille. Il est furieux. Dans le fond, j'aperçois une femme en peignoir.

— C'est toi, l'abruti qui a sonné ? braille-t-il.

— Euh, non.

Je détale dans le couloir, balance le carton de pizza dans la cage d'escalier et sors dans la rue. Le type ne me poursuivrait pas jusqu'ici avec une serviette autour de la taille, quand même ? J'oblique au prochain carrefour et je regagne la bibliothèque par un chemin détourné.

— Que s'est-il passé ? me demande Andy.

— Ne pose pas de questions.

— Quand tu es sorti de l'immeuble en courant, j'ai vu des rideaux bouger, me confie Marty. Quelqu'un t'observait.

— Espérons que c'est la copine de Hasan. Elle essayait peut-être de voir à quoi je ressemble.

Je vais au rayon voyages et suggère aux gars de s'installer à une table à l'extrémité du couloir. Je reste debout et j'examine les étagères comme si je préparais un voyage. Hmm. Où veux-tu aller, Sami ? À Amsterdam ?

En Australie ? En France ? En Allemagne ? Finalement, je sors du rayonnage un guide Lonely Planet sur l'Égypte.

Je suis tellement occupé à admirer les pyramides que je mets un moment à remarquer la femme debout près de moi. Elle porte une jupe grise, un pull noir, des collants noirs et un niqab. On ne voit que ses yeux, soulignés d'eye-liner et de mascara. Elle prend le guide Fodor sur le Mexique, l'examine et le remet dans le rayon. Un morceau de papier dépasse de la tranche.

La femme choisit deux autres livres et se dirige vers le guichet. Après son départ, je prends les cinq bouquins sur le Mexique et je rejoins Andy et Marty à leur table. Je m'assieds en tournant le dos au comptoir ; je sors le papier du guide Fodor.

C'est un message pour moi : *Carrefour Yonge et Bloor, angle nord-est, 17 h.*

Cinq heures de l'après-midi. Dans deux heures.

Mon cœur fait un bond.

— Comment va-t-on aller là-bas ?

— Relax, Max ! me dit Andy. J'ai mis des cartes dans le dossier, souviens-toi.

— Ça devient pas mal trop réel, commente Marty.

— Ouais, mais il n'y a pas de raison de s'inquiéter, dis-je.

J'essaie de m'en convaincre.

— Yonge et Bloor, c'est un carrefour hyper fréquenté. Il y aura des gens partout. Vous pourrez vous fondre dans la foule et vous assurer qu'il ne m'arrive rien.

— Mais s'ils t'emmènent quelque part ? objecte Marty.

— Eh bien, tu me suivras, idiot. Tu as des jambes, non ? Il se balance sur son siège.

— Et s'ils t'embarquent dans une voiture ?

— Je resterai dans la Chevrolet, propose Andy. Je me gare à quelques mètres du carrefour. S'ils t'emmènent quelque part, je suivrai. Je suis assez habile pour slalomer entre les bagnoles.

— Et j'ai un téléphone, rappelle-toi, dis-je. Si ça sent le roussi, je m'en servirai.

Me voilà presque rassuré. Mais soudain je m'imagine ligoté dans le coffre d'une voiture, en train de me tortiller pour tenter de récupérer le portable dans ma poche. Au secours !

— Sammy, si on te perd, on appelle du renfort, me promet Andy. À pied, tu ne seras pas bien loin. Et, si tu es dans une voiture, on aura le numéro d'immatriculation, le modèle. Et on sera tout près.

— Non, attends ! Si je disparais, n'appelez pas immédiatement la police. Il se pourrait que je ne risque rien, mais que je n'aie pas la possibilité de téléphoner. Par exemple, si je suis en train de parler avec Hasan.

Marty écarquille les yeux.

— Tu veux qu'on reste les bras ballants alors qu'ils t'ont kidnappé ?

— Ils ne m'auront pas forcément kidnappé. Ils vont peut-être juste me conduire dans un endroit sûr. Si vous impliquez les flics, ça va mal tourner et ils vont me prendre en otage.

— Peut-être, admet Andy à contrecœur.

Marty souffle entre ses mains.

— On devrait laisser tomber. On laisse tomber et on rentre à la maison.

Pas question. On est trop près du but. Et papa ? Je ne vais pas l'abandonner. Pas cette fois.

Je grimace un sourire.

— Prends une pilule, Marty. Rappelle-toi : Hasan n'a aucune raison de me faire de mal. C'est aussi vrai aujour-d'hui que ça l'était hier.

Mais était-ce vrai hier ? Hasan est un terroriste. Que se passera-t-il s'il pense que je vais le dénoncer ?

Andy se frotte l'oreille.

— OK, Sammy. Si on perd le contact, on croise les doigts pour qu'il ne te soit rien arrivé. Mais tu dois nous promettre d'être à neuf heures au plus tard dans le sta-tionnement, à l'angle de Yonge et Dundas. C'est l'étoile rouge sur la carte que je t'ai donnée. Si tu n'es pas au rendez-vous, on va chez les flics.

— Marché conclu.

Andy nous prend les mains.

— Il faut penser positif, les gars ! Sammy, on est avec toi. Tout ira bien.

31

Carrefour des rues Yonge et Bloor. 16 heures 55.

Le lieu de rendez-vous idéal. On est en plein centre-ville, à l'heure de pointe. Des flots de voitures, de vélos et de motos se croisent sur la chaussée, dans un vacarme assourdissant. Des employés quittant leur bureau par de grandes portes vitrées déferlent sur le trottoir. Les gens flânent devant les vitrines, s'évitent, se précipitent, se percutent et se massent devant les passages pour piétons en attendant que le feu passe au rouge. Comme Andy et Marty, les acolytes de Hasan n'auront aucun mal à se fondre dans la foule.

Je suis posté à l'angle nord-est, devant un gratte-ciel qui occupe tout le bloc. Marty est à une dizaine de mètres de moi, assis dans les marches de l'immeuble. Comme poste d'observation, on fait mieux. Il a déjà fait trébucher plusieurs hommes d'affaires qui dévalaient l'escalier, absorbés par leur Blackberry, et failli être assommé par un porte-documents. Mais c'est le seul endroit d'où il peut me surveiller.

Quant à Andy, il fait le tour du quartier dans la Chevrolet, faute d'avoir trouvé où stationner. Quelques minutes avant cinq heures, c'est-à-dire maintenant, il doit s'arrêter, mettre ses clignotants et regarder sous le capot, comme si sa voiture était en panne. On a minuté l'opération avec soin. S'il s'arrête trop tôt, les flics vont lui tomber dessus et lui envoyer une dépanneuse. S'il s'arrête trop tard… je préfère ne pas y penser.

J'enfonce les ongles dans mes paumes. Ce n'est pas le moment de paniquer.

Un concert de klaxons retentit plus bas dans la rue. Il y a un embouteillage et il est cinq heures pile. Andy est coincé dans un bouchon, il ne manquait plus que ça ! Mais soudain je respire. La Chevrolet vient de tourner à droite au carrefour.

— Regarde la rue, Sami.

Ai-je bien entendu ? Je jette un coup d'œil autour de moi et repère une femme, de profil. Une blonde d'une vingtaine d'années avec un coupe-vent, un jean et des lunettes de soleil. Elle parle en riant dans un téléphone portable, une main en coupe autour de l'oreille.

— Tu m'as bien entendu, Sami, dit-elle à voix basse. Mets-toi face à la rue.

J'obéis.

— J'ai un jeton de métro dans la main gauche, continue la jeune femme. À trois, je le laisse tomber. Tu le ramasses et tu me suis. Reste près de moi, mais pas trop. Et, surtout, ne regarde jamais mon visage. C'est compris ? Un, deux, trois.

Je me retourne au moment où le jeton percute le trottoir. Je plonge pour le rattraper dans une forêt de pieds. Il rebondit. Je le saisis au vol et je me relève brusquement. Où est passée la femme ? Je pivote et l'aperçois qui se dirige vers une série de portes. Je cours derrière elle. Et voilà. J'ai mis le doigt dans l'engrenage. Plus moyen de faire demi-tour.

Marty quitte précipitamment son poste d'observation, tandis qu'Andy démarre. La femme franchit les portes. Je lui emboîte le pas.

Nous dévalons un escalier et nous engageons à droite dans une galerie souterraine encombrée de boutiques. Je me fraye un chemin dans la cohue à coups de coude, assailli par un déluge d'odeurs, de lumières et de bruit. Je jette un bref coup d'œil derrière moi. Andy et Marty sont en haut de l'escalier ; ils scrutent la foule. La fille est devant moi ; elle ne me verra pas si je leur fais un signe. Eux, j'espère que oui. J'agite frénétiquement les bras.

Nous voici devant une nouvelle série de portes vitrées. L'entrée du métro. Avant de les franchir, je me retourne une dernière fois. La tête d'Andy flotte au-dessus des autres. Il gagne du terrain.

Les portes se referment derrière nous. La jeune femme s'arrête un instant devant les tourniquets. Elle introduit son jeton et passe de l'autre côté. Je l'imite. Elle tourne à droite et prend un escalier qui descend sur le quai.

La chance me sourit : une vague de voyageurs arrive en sens inverse. Un goulot d'étranglement se forme.

Il se dissipe au moment où Andy et Marty enfoncent les portes du métro. Les gars m'aperçoivent et se ruent sur les tourniquets. Andy bondit par-dessus, tandis que Marty en percute un de plein fouet. Andy est freiné dans sa course par la foule des voyageurs qui se précipitent vers la sortie. Le type du guichet frappe au carreau.

Je n'en vois pas davantage. Un train arrive. La femme me saisit la main et me tire brusquement vers le quai.

Les portes du métro s'ouvrent en lâchant une bouffée d'air nauséabond. Les voyageurs descendent. Nous avançons à contre-courant et entrons de force dans un wagon.

Un sifflement retentit. Et soudain je vois Marty voler dans l'escalier, les bras et les jambes tournoyant comme des moulinets. Il me repère et se jette dans notre wagon par la porte voisine. Je suis sauvé.

À la seconde où les portes se ferment, la femme me pousse vigoureusement dans le dos et je me retrouve sur le quai. Je me retourne. Prisonnier du wagon, Marty s'écrase le nez contre la vitre. « Désolé ! » articule-t-il juste avant que le train s'enfonce dans le tunnel.

— Avance ! m'ordonne la fille.

Elle zigzague à toute vitesse entre les voyageurs, si bien que je suis obligé de trottiner pour ne pas me faire semer. Je me cogne dans un panneau : une carte des lignes de métro. J'essaie de voir où nous sommes, mais je n'ai pas le temps. Je risque de la perdre.

On descend un nouvel escalier et, l'instant d'après, on file vers l'ouest dans un autre train. Je tâte le téléphone portable dans ma poche. Bien joué, Andy. Quoi qu'il arrive, les secours sont au bout du fil.

À la troisième station, la femme descend sans crier gare et change de quai pour prendre un métro qui repart en sens inverse. Au bout d'une station, nouveau changement : elle m'entraîne à l'étage supérieur et saute dans un train en direction du nord. On sort au bout de quelques minutes, pour de bon cette fois. Je déchiffre le nom de la station sur le quai d'en face : St. Clair West. Surtout, ne pas l'oublier.

L'escalier mécanique débouche dans la rue, devant un supermarché. Son stationnement, vaste comme un terrain de football, est encombré de voitures et de chariots.

La femme avance d'un pas vif entre les rangées de véhicules. Elle décrit des cercles, comme pour semer d'éventuels poursuivants. Pourtant, avec les précautions qu'elle a prises, je ne vois pas comment on pourrait encore être filés. Elle ralentit enfin entre deux fourgonnettes.

— Monte dans celle de droite par la porte latérale, m'ordonne-t-elle avant de s'éloigner.

J'examine la fourgonnette afin de pouvoir la décrire plus tard, mais d'où je suis, je ne vois pas les plaques d'immatriculation et je suis incapable d'identifier le modèle. Tout ce que je sais, c'est qu'elle est grise et sale, avec des vitres teintées, et qu'elle n'est pas de la première jeunesse. Très utile.

Je fais coulisser la porte, qui s'ouvre sur un homme au visage masqué. Il me tire à l'intérieur et referme derrière moi. Je suis piégé.

— Qui… ?

L'homme me retire mon coton ouaté et m'enfile un sac sur la tête, qu'il fixe à mon cou avec une cordelette.

La porte du conducteur s'ouvre et claque. Qui est là ? La femme ? Quelqu'un d'autre ?

La camionnette démarre. On roule.

— Tu as un micro ? me demande l'homme.

— Non.

— Déshabille-toi.

– Quoi ?

– On va voir si tu mens.

Je retire mes chaussures, déboutonne ma chemise.

La camionnette roule toujours. On a sûrement quitté le stationnement. J'ai envie d'appeler au secours, mais mes ravisseurs sont peut-être armés. Je ne donne pas cher de ma peau si je m'agite.

La camionnette tourne à droite et prend de la vitesse.

– Tu peux garder ton slip, me dit l'homme en me voyant me débattre avec ma ceinture.

Le conducteur change de file et tourne à gauche. On descend une colline, puis on tourne à droite. On roule pendant je ne sais combien de temps. Coup de frein. Est-on arrêtés à un feu ? À un stop ? Nous repartons tout droit.

– Il est correct, crie l'homme. Pas de micro. Juste un téléphone jetable dans la poche. Je le balance.

« Non, s'il vous plaît. » J'entends une fenêtre coulisser et je vois en pensée mon téléphone se fracasser sur l'asphalte. La fenêtre remonte. On me jette contre la poitrine mon pantalon et mon T-shirt, roulés en boule. Je me rhabille, tandis que la camionnette tourne à gauche, à droite, à droite et encore à gauche.

Privé de mes yeux, j'ai du mal à comprendre ce qui se passe. Mon corps est ballotté chaque fois qu'on accélère ou qu'on ralentit, au moindre virage. Comment font les aveugles ? Je plante les pieds au sol et j'appuie le dos contre la banquette.

« Concentre-toi, Sami. Mémorise la route.

— OK, mais comment ? Quelle est la distance entre deux virages ? Combien de rues a-t-on croisées ? »

Une chose est sûre : on a quitté le centre-ville pour un quartier plus paisible, probablement une zone résidentielle. Après quelques virages supplémentaires, la fourgonnette ralentit, comme si elle s'engageait dans une allée. Puis elle s'arrête. Le chauffeur descend. J'entends une porte de garage s'ouvrir. Le conducteur revient. Il rentre le véhicule dans le garage et coupe le contact. Les portes du garage se referment ; celle de la camionnette s'ouvre.

L'homme m'attrape sous les aisselles pour me faire sortir.

— Attention à ta tête. Regarde tes pieds.

Il retire le sac de ma tête.

— On va prendre un petit chemin pour rejoindre la maison. Pas de bêtises, hein !

Le conducteur passe devant. Je le suis, l'homme sur mes talons.

Nous sortons du garage par une petite porte qui donne sur un jardin en friche. Du coin de l'œil, je distingue une barrière en cèdre pourrie bordée de fleurs mortes et de pieds de tomates desséchés. Je dépasse une brouette retournée, un abreuvoir à oiseaux en ciment et deux arbustes morts.

L'arrière de la maison est couvert de bardeaux d'asphalte. Il y a un perron sur le côté. Nous descendons un escalier de béton couvert qui mène à un appartement au sous-sol. À l'intérieur, un lit pliant dégage une forte odeur de moisi. Des taches marron courent sur le mur et sur le sol en béton peint.

Le conducteur – je pense qu'il s'agit de la jeune femme, mais je n'en suis pas sûr – reste en retrait. L'homme me pousse en avant.

– C'est bon, dit-il. Tu peux lever la tête, maintenant.

Je m'exécute. La pièce est basse de plafond. Au fond à gauche, une porte s'ouvre sur des toilettes ; à droite, je distingue un comptoir équipé d'une plaque électrique et d'un évier. Au centre trône une table de bridge entourée de chaises.

Un homme à la barbe hirsute est assis sur l'une d'elles. C'est Tariq Hasan.

32

Hasan se lève. Il me regarde avec un mélange de méfiance et de curiosité.

— C'est bien lui, dit-il, catégorique. Mohammed Sami Sabiri.

Comment connaît-il mes deux prénoms ? Comment sait-il à quoi je ressemble ? Et pourquoi cette phrase ? Mes ravisseurs lui ont-ils parlé de moi ? Me soupçonnaient-ils d'être un imposteur ?

— Ouais, c'est moi.

Je fais saillir ma mâchoire comme un gros dur, mais j'ai la bouche sèche.

— Et vous…

— Je suis Tariq.

Étrange, cet échange de civilités avec un terroriste… Dans la liste des situations improbables, celle-ci doit être en bonne position.

Tariq me fait signe de m'asseoir en face de lui.

— Continue à me regarder. Ne te retourne pas pour voir les autres.

Les autres… je les imagine soudain armés de machettes ou de cordelettes. J'ai l'estomac en vrac et les genoux qui flanchent. Le plus sage est effectivement de m'asseoir.

Et soudain, sans comprendre ce qui m'arrive, je suis métamorphosé. Adieu, le gamin froussard et empoté. Je me sens invincible et investi d'une mission : découvrir la vérité.

— C'est mon père qui vous a dit mon nom ?

J'ai parlé d'une voix claire et forte.

Tariq hoche la tête.

— Ton premier prénom est Hamed, mais tu as choisi de te faire appeler Sami, comme ton grand-père.

— Qu'est-ce qu'il vous a dit d'autre sur moi ?

— Tu étudies à l'Académie Roosevelt. Tu es intelligent, tu prends des risques, tu désobéis, tu t'attires des ennuis…

Il marque une pause avant de conclure :

— On a beaucoup de choses en commun.

Jamais de la vie !

— Ton père est fier de toi, ajoute Tariq.

— Papa ? Impossible !

— Très fier. Quand il prononce ton nom, ses yeux s'illuminent. Il te décrit comme un battant au grand cœur, promis à un bel avenir. J'admets qu'il s'inquiète de tes fréquentations.

Son expression s'assombrit.

— Il s'est inquiété des miennes aussi.

Un silence.

— Tu veux un thé ? Des biscuits ?

— Ouais.

Un plateau est posé sur le comptoir derrière lui, avec des biscuits, du sucre, du lait, des cuillères, des tasses et une théière fumante.

Tariq se lève. Il interroge ses complices du regard. Apparemment, ils n'en veulent pas. Je fixe la théière en forme de tête d'éléphant. Le thé coule par la trompe. Tariq sourit et commente :

— Vide-grenier.

Un terroriste avec le sens de l'humour ? On aura tout vu.

— Tu prends du lait ? Du sucre ? me demande-t-il. Désolé, je n'ai pas de citron.

Je voudrais bien du sucre, mais je secoue la tête.

Tariq me tend ma tasse, verse deux cuillerées de sucre dans le sien et remue lentement.

— Je suis surpris qu'Arman t'ait parlé de moi. Mais enfin, tu es ici…

Silence.

— Qu'est-ce que ton père t'a dit ? Qu'est-ce que tu sais de moi ?

Je réfléchis. À la fin, c'est sûr, Tariq va me réclamer le paquet de papa. Le paquet que je n'ai pas. Soit je lui avoue la vérité tout de suite, au risque de le mettre en rogne, soit je bluffe dans l'espoir qu'il me lâche des infos.

Je gagne du temps en buvant une gorgée de thé. Soudain, une pensée me frappe. Et si Tariq ne s'était pas réellement échappé ? Si les agents du FBI l'avaient suivi jusqu'ici et avaient mis l'appartement sur écoute ? Ils attendent peut-être de voir des Martyrs sortir du bois… comme ce terroriste non identifié de Meadowvale. Dans ce cas, je risquerais gros en me faisant passer pour un complice.

Tariq tient sa tasse à deux mains.

— Sami.

Il me regarde sans me voir.

— Je t'ai posé deux questions : qu'est-ce que ton père t'a dit ? Qu'est-ce que tu sais de moi ?

Je hausse les épaules.

— Ça dépend sur quel sujet.

— Ne triche pas. Est-ce que tu as le paquet ?

Il boit une gorgée en attendant ma réponse.

— Je… Je…

Je tremble tellement que mon thé va déborder. Je pose la tasse sur la table et les mains sur mes cuisses.

— Non, je crois que non, continue Tariq. Tu n'es pas venu à cause du paquet.

Je proteste d'une voix étouffée :

– Qu'est-ce que vous en savez ? Vous avez un plan, pas vrai ? Vous en avez besoin.

Tariq se lève, contourne lentement la table et pose ses mains sur mes épaules.

– Tu ne sais rien de ce paquet, n'est-ce pas, Sami ? dit-il calmement. Tu ne sais pas ce qu'il contient. Ni pourquoi ton père l'a préparé.

Je secoue la tête.

– En fait, tu ne sais rien. Tu m'as menti pour arriver jusqu'à moi. C'est dangereux, ce que tu as fait. Dangereux et stupide, tu ne crois pas ?

Il me presse doucement les épaules.

J'articule péniblement :

– Si, j'imagine.

– Oui, dit-il. Oui.

Il accentue la pression.

– Alors, permets-moi de te demander pourquoi tu as fait cela. Pourquoi es-tu ici ?

Et voilà. Je vais mourir. Il va m'étrangler à mains nues. Je ne reverrai plus jamais maman et papa. Ni Marty et Andy.

– Je l'ai fait pour papa ! C'est vous qui l'avez convaincu de préparer ce paquet. Je ne sais pas comment, mais c'est à cause de vous s'il a des ennuis, maintenant. Et je voulais savoir la vérité pour pouvoir le sauver. C'est un homme juste, un bon père, et je n'ai pas arrêté de lui causer des ennuis. Pour une fois, je voulais l'aider. Je voulais qu'il soit fier de moi. Je l'aime. Alors, faites ce que vous voulez de moi. Seulement, dites-lui que ce n'est pas de sa faute. Ni la faute de mes copains. C'est la faute de personne, juste la mienne.

J'attends que ses doigts se referment autour de mon cou, que ma trachée s'écrase, que mes yeux jaillissent de leurs orbites. La dernière chose que je verrai avant de mourir, c'est cette théière ridicule en forme d'éléphant. Génial !

Tariq se contente de me tapoter les épaules et me relâche. Il fait deux fois le tour de la table avant de se rassoir en face de moi.

— Je vais te raconter une histoire, dit-il simplement.

Il me fixe dans les yeux et prend mes mains, comme si j'étais un petit enfant.

— C'est l'histoire d'un jeune garçon originaire d'Iran. Une révolution a éclaté dans son pays. Au début, ses parents ont soutenu cette révolution, mais ils se sont opposés à ce qui s'est passé ensuite. Le nouveau gouvernement les a fait jeter en prison et le garçon est allé vivre avec sa grand-mère, jusqu'au jour où elle a réussi à lui faire quitter le pays. Elle l'a fait monter dans un bateau en partance pour le Canada. L'enfant a grandi à Montréal, chez des amis d'amis de sa famille.

— Je connais cette histoire…

Tariq hoche la tête.

— Une partie… Une partie seulement.

— En grandissant, le petit garçon est devenu un jeune homme intelligent et très beau. Il travaillait dur et réussissait. Les amis des amis de sa famille l'ont aidé à poursuivre ses études dans une université du nom de McGill. Il a épousé leur fille aînée, Neda. Il croyait le faire par amour, mais en réalité c'était par devoir.

— Non !

Je suis pris de fourmillements.

— Non. C'était de l'amour.

Tariq secoue la tête.

— C'est devenu de l'amour, plus tard. Mais sur le moment c'était un mélange de devoir et de reconnaissance. Les jeunes époux logeaient dans une chambre bruyante, ils occupaient chacun deux emplois et passaient le reste de leur temps en cours. Il leur semblait que ça ne finirait jamais. Et le jeune homme s'est senti piégé…

Mon cœur va exploser.

— Qu'est-ce qu'il a fait ?

— Pendant sa dernière année d'université, il est tombé amoureux de l'assistante d'un de ses professeurs du département de biologie. Elle se prénommait Yasmine, était originaire d'Égypte. Certains soirs, pendant que sa femme était au travail, le jeune homme retrouvait Yasmine. Ils partageaient des rêves ; ils partageaient tout.

— Mais il est resté avec Neda, dis-je, catégorique.

Tariq hoche la tête.

— Il a décroché une bourse d'études post-doctorat en microbiologie à l'Université de New York. Que pouvait-il faire ? Rompre avec la femme qui l'avait aidé à réussir ? Il a choisi de quitter son amour et de partir aux États-Unis avec Neda. Yasmine a coupé tout contact avec lui. Elle lui a renvoyé ses lettres sans les lire, a refusé de répondre à ses appels téléphoniques. Un mois plus tard, quand elle s'est aperçue qu'elle était enceinte, elle n'en a parlé à personne.

— Enceinte ?

— Pour sauver l'honneur de sa famille, elle a déménagé à Toronto. Elle portait une alliance, parlait d'un mari décédé, et n'a plus jamais connu aucun homme.

Tariq se tait. Moi aussi. J'ai peur qu'il me confirme ce que je devine déjà. Puis je chuchote :

— Vous avez dit que cette femme, Yasmine, était enceinte. Est-ce qu'elle a eu un bébé ?

Tariq pose les mains sur la table, les paumes en l'air.

J'ai les tempes qui bourdonnent.

— Vous êtes… Je suis… Je suis votre…

— Oui, dit-il.

Je regarde mon demi-frère, assis en face de moi. Mon demi-frère. Tariq Hasan est mon demi-frère. Je me répète ces mots en boucle, complètement sonné.

— L'an dernier, ma mère est morte d'un cancer du sein, reprend doucement Tariq. Avant de mourir, elle m'a avoué la vérité. Elle trouvait important que je puisse rencontrer mon père. « Un père ? Quel père ? » ai-je pensé. Je n'avais jamais eu de père. Pourquoi aurais-je eu envie de rencontrer un inconnu qui avait fichu en l'air la vie de maman ? En fouillant dans ses affaires, j'ai découvert des articles qu'elle avait imprimés sur Internet. Des articles évoquant les succès d'Arman. À la fin de l'été, ma curiosité l'a emporté. Je lui ai écrit une lettre où je lui parlais de moi. Histoire de lui dire que j'existais, pour commencer.

Il a un petit rire amer.

— C'est la première lettre que j'ai écrite de ma vie. Je veux dire : avec un timbre et tout. Ce n'est pas le genre de message qu'on envoie par courriel.

— Et, à ce moment-là, papa t'a dit qu'il venait à Toronto ?

Tariq hoche la tête.

— On s'est rencontrés dans une bibliothèque, en face de chez moi. Je crois que tu la connais. Après avoir dîné ensemble, on est allés voir les Leafs le vendredi, puis les Jays le samedi.

Les matches que papa m'avait promis… J'avale péniblement ma salive.

— On a discuté pendant des heures, continue Tariq. Arman n'a pas arrêté de me parler de toi ; il m'a montré des photos de toi qu'il a dans son portefeuille.

— Mon père a des photos de moi dans son portefeuille ?

— On te voit bébé, confirme Tariq. Tu étais mignon, qu'est-ce qui s'est passé ?

Il accompagne sa farce d'un clin d'œil et enchaîne :

— On te voit aussi à la fin de l'école primaire et à une fête de l'Aïd, devant ta mosquée.

— Ça alors…

J'ai l'impression de découvrir un autre père.

— Il m'a interrogé sur ma vie, raconte Tariq. Je lui ai montré des photos de moi et de mes copains en camping, en train de jouer au paintball ; de ma copine et moi à Wonderland[1]. Je lui ai parlé de mon projet d'intégrer une école d'art. Il a dit que mes copains avaient l'air de brutes – ce n'est pas faux – et que cette école d'art, c'était une idée folle, mais que je devais poursuivre mes rêves.

— J'ai du mal à imaginer papa me conseillant de poursuivre mes rêves.

Tariq sourit.

---

1. Un parc d'attractions à Toronto.

— Bah, tu sais, il me voyait pour la première fois. Que voulais-tu qu'il me dise ?

Il soupire.

— À la fin du match des Jays, je n'étais pas trop fixé sur mes sentiments, mais je n'avais pas envie que ça se termine comme ça. Qu'il disparaisse de nouveau de ma vie, pour toujours. Je lui ai dit que je voulais voir où il vivait, où il travaillait… vous rencontrer tous. Vous êtes ma seule famille. Les parents de maman sont décédés. Ses frères et sœurs — mes oncles et tantes — nous ont rejetés quand ils ont découvert pourquoi elle avait quitté Montréal. Je n'ai jamais rencontré mes cousins. Ils sont assez traditionnels…

— Comment a réagi papa ?

— Il a paniqué. «Tu ne t'approches pas ! m'a-t-il prévenu. J'ai une famille heureuse. Je ne veux pas que tu la détruises.» Je lui ai demandé s'il pouvait me procurer des photos de ses parents : mes grands-parents. De mon arrière-grand-mère, qui l'a aidé à fuir l'Iran, de la maison des ancêtres, là-bas. Des lettres, des petits mots que maman lui aurait envoyés avant leur rupture. Des informations médicales utiles pour moi. Des souvenirs, quoi… Il me répondait systématiquement non. J'ai trouvé que c'était une fin assez glauque pour un week-end magique. Puis, juste avant son arrestation, j'ai reçu un courriel d'Arman dans lequel il m'annonçait avoir préparé un paquet pour moi. Il me proposait même de me faire visiter Rochester. Vu comme il était stressé à Toronto, j'imagine qu'il devait être un poil tendu, une fois rentré chez vous.

Je confirme d'un hochement de tête. Pauvre papa. Je comprends maintenant pourquoi il a refusé qu'on l'accompagne à Toronto, maman et moi. Son allusion à ces choses dont il ne pouvait pas me parler. Son comportement bizarre. Ça explique aussi le courriel que le procureur a lu au tribunal.

« Pardonne-moi, papa. Tu essayais simplement de me protéger. De protéger maman. Quant à ce que tu as fait quand tu étais jeune, ce n'est pas à moi d'en juger. Je n'étais même pas né. Ces histoires ne regardent que maman et toi.

Et toi, maman. Qu'est-ce que tu vas dire — et ressentir — si tu découvres la vérité ? Ou, plutôt, quand tu découvriras la vérité. Car tu l'apprendras forcément. C'est le seul moyen de prouver l'innocence de papa. »

33

J'ai besoin de quelque chose pour me concentrer.
Je prends un biscuit.

— Tariq… Si papa ne t'apportait rien de dangereux,
s'il s'est contenté d'emballer des photos de famille et des
souvenirs, alors, il n'y a jamais eu de complot terroriste ?

— Évidemment qu'il n'y a jamais eu de complot
terroriste !

— Dans ce cas, rends-toi à la police. Dis-leur ce que tu
sais. Si vous parlez, papa et toi, vous sortirez libres.

— Tu crois vraiment ? renifle l'homme derrière moi.
Tu regardes les infos ?

Tariq lève une main. L'homme se tait.

— Si je me rends, qui me croira ? Personne, tu le sais
bien. J'aurais besoin de la lettre que j'ai envoyée à Arman
comme preuve. Et du paquet qu'il a préparé pour moi.
Est-ce que tu sais où ils sont ?

— Ils devaient être dans son bureau. Ils ont dû atterrir avec le reste de ses affaires, dans les locaux du FBI.

— Exactement. Et ces documents seront classés secret défense. Enterrés. En attendant, je suis cuit à cause de ces photos et de ces vidéos qui circulent, où on me voit avec cette soi-disant « Fraternité des Martyrs ». S'ils ne me coincent pas pour tentative d'attentat biologique, ils m'auront pour autre chose. Je ne sortirai jamais. À cause de cet abruti d'Erim Malik !

Soudain, Tariq bondit sur ses pieds et abat les poings sur la table. Un des pieds plie. Je sauve la théière, mais tout le reste vole.

Tariq s'affale contre le comptoir. Je devine que ses amis s'approchent, car il les renvoie d'un geste.

— Restez où vous êtes. Il ne faut pas que Sami vous voie. Vous avez déjà assez d'ennuis comme ça.

Il se laisse glisser jusqu'au sol et pose les coudes sur les genoux, les mains sur la tête. Sa respiration est rapide.

Je ne sais pas trop quoi faire. Finalement, je m'assieds en tailleur en face de lui. Tariq se calme peu à peu.

— On était juste une bande de copains, dit-il. Presque tous au chômage, ou encore étudiants. Certains avaient de vieilles bagnoles. On n'était que trois à avoir des copines. De temps en temps, on se retrouvait à la mos-quée pour les prières du matin, puis on allait dans la campagne jouer au paintball. On faisait les fin finauds en tenue de camouflage. Ou alors on allait voir un film. Un vrai club de *losers*.

Tariq marque une pause et se frotte un œil du revers de la main.

— Enfin, bref… Mon ami Abdul Malik a un cousin, Erim. Erim nous sortait de grands discours, *charia* par-ci, *charia* par-là, mais je savais qu'il prenait de la coke et qu'il avait agressé plusieurs gamins. Des rumeurs disaient aussi qu'il fabriquait des faux passe-ports dans la boutique de photocopies de son oncle. Mais bon, comme il était de la famille d'Abdul, on le laissait nous accompagner. On n'osait pas vraiment refuser, en fait.

Je fixe le sol, un peu effrayé. Je sais ce que c'est d'avoir peur de dire non. Qu'est-ce que j'aurais fait, à la place de Tariq ?

Il continue :

— Un jour, à la fin de l'été, on buvait des bières dans un champ, après une partie de paintball – je sais, je sais : boire de l'alcool est *haram* –, quand Erim a commencé à nous filmer avec son portable. Puis il s'est plaint qu'on passait notre temps à râler : « Sans déconner, les gars, vous êtes une bande de martyrs. Une fraternité de martyrs. » Le nom m'a plu. J'ai relevé en riant : « Ouais, bien vu ! Maintenant, on s'appelle "La Fraternité des

Martyrs ! ”» Les autres ont ri et on a embrayé sur le fait qu'on devrait se fabriquer des T-shirts. Seulement, on ne voit pas cet extrait-là à la télé, n'est-ce pas ?

Je secoue la tête.

— Là-dessus, Erim sort une arme et on lui fait : « Hé, là ! Erim, tu déconnes ! On est au Canada... » Il s'en fout. Il aligne des bouteilles de bière et prétend que c'est amusant de s'entraîner à tirer sur des cibles ; qu'il n'y a pas de quoi en faire une montagne. Et nous, dans ce pré, au milieu de nulle part, on se dit : « Ben ouais, remarque, pourquoi pas ? » Alors, on essaie chacun une ou deux fois — et crois-moi, on tire comme des manches —, pendant qu'Erim nous filme avec son portable. « Ça nous fera marrer plus tard », dit-il.

Tariq empoigne ses genoux.

— On continue pendant quelques semaines. Erim nous filme de temps en temps. Quelquefois, il s'emballe en disant que ce monde est pourri, qu'il faudrait faire tout sauter. Il ne le pense pas vraiment, c'est juste une façon de parler. Et nous, imbéciles qu'on est, on en rajoute : « Ouais ! Le parlement, boum ! La tour du CN, boum ! Les toilettes portatives dans les festivals, boum ! » « Et le premier ministre ? » demande Erim. Je lui règle son compte d'un geste, comme le personnage d'*Alice au Pays des Merveilles* : « Le premier ministre, couic ! On lui coupe la tête ! »

Il s'exclame alors :

— Évidemment, c'était des paroles en l'air, du vent. Sauf que ce n'est pas l'impression qu'on a à la télé.

Je repense à la vidéo d'Eddy : encore une preuve que les apparences sont trompeuses. Et prenez Andy et Marty : je m'étais fait tout un film pour interpréter leur silence, mais j'étais complètement à côté de la plaque.

— Quand ton père — notre père — m'a dit qu'il venait à Toronto, j'étais fou de joie, me confie Tariq. J'ai parlé de lui à mes copains ; je leur ai raconté que c'était un type super important. Rien qu'en le disant, je me sentais important, moi aussi. J'ai brodé sur le thème du labo de catégorie 4, en prétendant qu'il était si haut placé qu'il pouvait trimballer des substances toxiques comme il voulait. Je planais. Les gars étaient contents pour moi. Ils savaient que je n'avais pas de père. Montréal n'est pas si loin, les gens parlent… Bref, soudain, j'avais un père, et ce n'était pas n'importe qui.

— Jusqu'à ce que tu le détruises.

En prononçant ces mots, je sens une digue lâcher dans ma tête. Je continue sur ma lancée :

— Papa — mon père — est en prison. Ma famille est en vrac. À cause de toi, un parfait inconnu qui a eu besoin de trouver ses racines…

— Je suis désolé. Vraiment désolé.

Je hurle :

— Tu es désolé ? C'est tout ce que tu trouves à dire ?

Il baisse la tête, honteux.

— Tu veux que je te dise un truc qui va te rendre encore plus furieux ?

— Vas-y.

— Erim Malik, la fouine avec l'arme, le salaud qui nous a fait parler, qui nous a filmés, qui se drogue et maltraite des gamins… C'est le seul qui n'a pas été arrêté.

— Quoi ?

— Tu m'as bien entendu, dit Tariq avec amertume. Il est libre comme l'air. Le bruit court que c'est un informateur payé par le gouvernement. Un témoin de premier choix pour le procès.

Au crépuscule, Tariq commande à ses amis de me mettre un bandeau sur les yeux et de me reconduire en ville. Ils me déposent à une station de métro, sur la ligne de Yonge. Je sors juste en face du Centre Eaton, le stationnement où m'attendent Andy et Marty.

En me voyant, les gars se grimpent dessus.

— On était à deux doigts d'appeler les flics, me confient-ils. On capotait ! Ça va ? Qu'est-ce qu'ils t'ont fait ?

— Ça va.

— J'ai failli me faire arrêter parce que j'ai sauté par-dessus le tourniquet, me dit Andy.

— Et moi, j'ai un bleu monstrueux parce que je me le suis pris de plein fouet ! renchérit Marty.

— Le temps qu'on ressorte, la Chevrolet s'était fait embarquer, râle Andy. Ça va coûter plus cher que sa valeur pour la récupérer. Mais on s'en fiche. Tu es revenu ! Tu es vivant !

Quelques minutes plus tard, on se gave de frites, assis sur un banc près d'une fontaine.

— Andy, j'ai besoin de ton téléphone. J'ai un truc à faire.

— Tu appelles les flics ?

— Non. Je n'ai rien à leur dire. Enfin, pas encore. Mais ce matin j'ai fait une promesse à maman.

Le téléphone de la maison est sur écoute. Les flics pourraient tracer mon appel et savoir que je suis à Toronto. Je n'appelle donc pas directement ma mère :

— Allô, monsieur Bernstein ?

— Sami ?

— Ouais, c'est moi. J'ai un gros service à vous demander... Est-ce que vous pourriez passer chez moi, s'il vous plaît ? Il y a sûrement des micros dans la maison, alors, emmenez maman dans le jardin. Dites-lui que je vais bien, que je suis désolé si elle s'inquiète, et que je serai de retour demain vers midi. Et dites-lui aussi que je dois voir M. Bhanjee le plus tôt possible.

34

Maman et M. Bhanjee guettent notre arrivée derrière la baie vitrée. Avant que j'aie posé le pied sur le trottoir, maman court dans l'allée.

« Où étais-tu ? » n'est que la première d'une longue série de questions.

Elle me serre très fort contre elle, à me briser les côtes. Puis elle me secoue comme un prunier. Je croyais que la visite de Bernstein, hier soir, l'aurait rassurée. J'ai tout faux. Quand il lui a demandé de sortir de la maison pour discuter, elle a commencé à stresser méchamment. Et ça ne s'est pas arrangé quand il lui a rapporté que je voulais parler d'urgence à notre avocat.

— Qu'est-ce que tu as fait ?
— Rien.

Ce n'est pas tout à fait exact, mais je ne vais quand même pas lui déballer mon histoire sur la pelouse.

Nous allons nous asseoir dans le patio. Je ne parle pas de la liaison de papa, ni du fait qu'il est le père de Tariq, mais je raconte tout le reste : comment j'ai rencontré Tariq ; comment Erim Malik, un *junkie* qui fabrique des faux passeports, a tout combiné. Les articulations de maman blanchissent. Elle agrippe si fort les accoudoirs de sa chaise que je m'attends à les voir craquer d'une seconde à l'autre. Je ne suis pas pressé que M. Bhanjee s'en aille. Surtout que notre avocat est rayonnant.

— Tes informations sur ce Malik valent de l'or, me félicite-t-il. Ce n'est pas un hasard s'il est le témoin vedette du gouvernement. En creusant un peu, je pense qu'on trouvera qu'il est aussi leur informateur. J'imagine qu'il allait être arrêté pour ses forfaits, quand il a proposé un marché à l'État. Il a dû leur promettre de dénoncer une cellule terroriste en échange de l'abandon des poursuites contre lui.

— C'est pour ça qu'il a fait parler ses soi-disant copains et qu'il les a filmés, dis-je. Il a piégé des innocents pour éviter d'aller en prison !

— Je vois souvent ce genre de choses, dans toutes sortes d'affaires, admet M. Bhanjee. À quoi peut-on s'attendre, lorsque la justice passe des marchés avec des criminels pour qu'ils jouent les informateurs et les témoins ?

Je hoche la tête avant de reprendre :

— Mais, même sans Malik, papa a un problème. Le courriel qu'ils ont lu au tribunal, celui dans lequel il dit à Tariq qu'il a préparé un paquet pour lui… Eh bien, là aussi, j'ai de bonnes nouvelles. Je peux prouver qu'il est innocent.

Je marque une pause.

— Maman, je suis désolé… Je ne peux dire qu'à M. Bhanjee de quoi il s'agissait vraiment.

— Je le sais déjà.

Elle lisse sa jupe, pose les mains sur ses cuisses et me regarde dans les yeux.

— Tariq Hasan est le fils de ton père. Ton demi-frère.

J'en reste bouche bée.

— M. Bhanjee et moi sommes allés rendre visite à ton père mardi, explique maman. C'est pour cela que j'avais la migraine en rentrant. Arman m'a appris que Hasan lui avait écrit pour lui révéler son existence, juste avant son voyage à Toronto. Et il m'a raconté qu'ensuite, il a fouillé dans le placard pour retrouver des photos et des souvenirs de famille à lui envoyer, pendant que je regardais le golf à la télé.

Je baisse la tête, incapable de parler. Les dalles du patio dansent devant mes yeux. Puis je prends mon courage à deux mains.

— Qu'est-ce qui va se passer maintenant ? Je veux dire : entre toi et papa ?

Maman approche sa chaise de la mienne. Elle glisse une mèche de cheveux derrière mon oreille.

— Montréal, c'était il y a longtemps. J'ai senti, à l'époque, que quelque chose clochait. Mais, quand on s'est installés ici, cette impression a disparu.

Elle saisit doucement mon visage entre ses mains.

— Ton père n'arrivait pas à se résoudre à m'en parler. Il était convaincu que je le quitterais et que je t'emmènerais avec moi.

Je l'interroge d'une voix étranglée :

— C'est ce que tu vas faire ?

— Je l'ai envisagé. Mais finalement je lui ai dit que le passé était le passé, et que je l'aimais.

Elle sourit.

— Je lui ai dit aussi que, s'il recommençait, je lui arracherais la barbe, je la lui enfoncerais dans la gorge et je laisserais le diable l'étouffer.

Un silence gêné s'installe. M. Bhanjee le brise.

— Ton père a avoué aux autorités qu'il est le père de Hasan. Un test d'ADN effectué à partir de cheveux de ce dernier, récupérés dans son appartement, prouvera leur parenté. Mais la lettre que Hasan lui a envoyée serait la meilleure preuve que ton père venait juste de découvrir son existence, et que le fameux paquet ne contenait que des photos de famille.

— Alors, maintenant qu'ils ont compris, ils vont relâcher papa ?

— Non, me détrompe maman avec un frisson. Non, ils ne vont pas le libérer.

— Pourquoi ?

— La lettre de Hasan a disparu.

— Quoi ? Papa s'en est débarrassé, c'est ça ? Il avait peur qu'on la trouve, alors il l'a déchirée. Il l'a brûlée !

— Pas vraiment, déclare M. Bhanjee. Mais ce n'est guère mieux. Il l'a cachée. Et elle est introuvable.

Maman se frappe la poitrine du poing.

— C'est le FBI. Ils l'ont détruite quand ils ont retourné la maison, j'en suis sûre. On ne la retrouvera jamais.

— Où papa l'a-t-il cachée ?

— Dans son bureau. Derrière une photo encadrée de vous deux. « Le seul endroit où mes deux fils pouvaient être ensemble », a-t-il dit.

Mon cœur fait un bond dans ma poitrine.

— Attendez-moi !

Je cours au sous-sol et fouille sous mon lit. Le verre brisé tombe du cadre. Et effectivement, sous la photo, il y a la lettre de Tariq, datée et soigneusement pliée, accompagnée d'une photo dédicacée du jeune homme en tenue de diplômé.

Je l'apporte à maman et M. Bhanjee. Maman se couvre la bouche.

— Si je n'étais pas allé à Toronto, si je n'avais pas découvert moi-même qui est Tariq, est-ce que tu me l'aurais dit?

Elle secoue la tête en s'essuyant les yeux.

— Ton père m'a fait promettre de ne pas t'en parler. «À quoi bon? a-t-il soupiré. Sans la lettre de Tariq, il n'y a aucun espoir. Mieux vaut sauver notre honneur.»

— Donc, on n'aurait jamais retrouvé cette lettre. Elle serait restée là, sous notre nez, et papa aurait passé le reste de sa vie en prison pour une question de peur et de honte.

M. Bhanjee m'interrompt.

— Je vais en faire une copie et la verser au dossier des preuves. En attendant, Sami, il est encore trop tôt pour se réjouir.

Il la range dans son porte-documents.

— Mais... on vient de prouver qu'il n'y a pas de cellule terroriste.

— Pas tout à fait, objecte-t-il. Nous avons seulement montré que Tariq est le fils de ton père, que le paquet auquel Arman a fait allusion dans son courriel ne contenait que des affaires personnelles inoffensives, et qu'Erim Malik a incité ses amis à parler pendant qu'il les filmait. Le fait que Tariq et ton père aient des liens familiaux ne prouve pas qu'ils n'étaient pas impliqués dans un complot terroriste. Et ce n'est pas non plus parce qu'on incite les gens à dire certaines choses, que ces choses sont fausses.

— N'empêche, ça sème le doute...

— C'est vrai, convient M. Bhanjee. Mais rappelle-toi ce qu'a dit le procureur au tribunal, au sujet de ce terroriste non identifié. Il se trouve qu'une autre personne à Rochester a tenté à plusieurs reprises de contacter la Fraternité. Quelles sont les probabilités pour qu'une seconde personne de cette ville connaisse le même groupe de jeunes chômeurs de Toronto ? Et que cette personne et ton père ne se connaissent pas ? Si cet individu est innocent, pourquoi aucun des membres de la Fraternité n'accepte-t-il de l'identifier ? La coïncidence et le silence sont suspects et inquiétants.

— Que peut-on faire, alors ?

— Je ne sais pas trop, avoue M. Bhanjee. Mais, avant de libérer ton père, le gouvernement voudra avoir des réponses satisfaisantes à deux questions. La première : qui est cet inconnu ? Et la seconde : quels sont ses liens avec ton père et la Fraternité ?

— Le FBI a commencé à interroger des gens à la mosquée, intervient maman. Des gens aux idées radicales.

J'ai une pensée pour M. Bernstein : « Les pensées ne sont pas des crimes, dirait-il. Sans quoi, tout le monde serait en prison. »

— Tu connais M. Ibrahim, reprend maman avec hésitation. Il y a quelque temps, il a subi une fouille au corps à Newark. Son nom figurait sur une liste. Ce n'était peut-être pas par hasard, finalement.

J'explose :

— Arrête ça tout de suite ! C'est à cause de ce genre de discours que papa est en prison !

— Je n'accuse personne, se défend maman. Mais les questions de M. Bhanjee doivent trouver des réponses.

Et soudain, sans prévenir, ces réponses jaillissent dans ma tête. C'est fou comme des choses insignifiantes peuvent parfois prendre des proportions gigantesques, effroyables.

Je m'efforce de maîtriser ma voix.

— Monsieur Bhanjee, les autorités ont-elles dit quel membre de la Fraternité ce mystérieux terroriste a essayé de contacter ?

— Non. L'information est classée top secret.

— Je parie que c'est Tariq.

M. Bhanjee fronce les sourcils.

— Pourquoi ? Où veux-tu en venir ?

— Quand papa est allé à Toronto, j'ai cru qu'il avait une liaison. Je l'ai surveillé pour tenter d'en avoir la preuve. J'ai trouvé le numéro de téléphone de Tariq dans son ordinateur. Je l'ai appelé deux fois depuis le cinéma, au centre commercial. Et une autre fois le lendemain, de la mosquée. La seule personne, à part le FBI, qui peut savoir quel numéro a été appelé, combien de fois, quand et depuis quel endroit, c'est celle qui a passé les appels. Eh bien, voilà, je vous l'ai dit. Écrivez-le, monsieur Bhanjee. Mettez-le noir sur blanc, en termes juridiques. Qu'ils vérifient. Le soi-disant terroriste, c'est moi.

35

Les preuves contre papa se changent en confettis. Le FBI ne révèle jamais qui le « terroriste non identifié » a essayé de contacter, ni quand, ni comment. Cette information demeure secret défense pour des raisons de sécurité nationale. Et surtout, j'imagine, parce que personne ne veut passer pour un idiot.

N'empêche, lorsque les autorités prennent connaissance de ma déclaration sous serment, on m'interroge, on fouille les disques durs de l'ordinateur de papa et de celui que j'ai utilisé à l'Académie, pour vérifier comment j'ai trouvé le numéro de téléphone et l'adresse de Tariq. Après quoi, les enquêteurs contrôlent les lieux et horaires de mes appels. Soudain, le « terroriste non identifié » est rétrogradé au rang de « personne identifiée ». Moins d'une semaine plus tard, on nous annonce que cette personne a été lavée de tout soupçon, et on oublie brusquement tout un pan de l'affaire. Un cas intéressant d'amnésie collective.

Pareil pour l'enquête au laboratoire Shelton. Le labo a rouvert ; on suppose donc que cette enquête est terminée. La presse demande quand le rapport sera publié. Le gouvernement ne fait pas de commentaire. Les journalistes exigent de savoir quelles substances ont disparu, ce qu'on a découvert sur les vidéos de surveillance. « Désolé, c'est top secret », répond le gouvernement.

— S'ils s'étaient aperçus que quelque chose manquait lors de l'inventaire, nous l'aurions su, nous dit M. Bhanjee. Le fait que rien n'ait filtré signifie que toutes les boîtes de Petri jusqu'à la dernière ont été recensées. Ce qui prouve qu'Arman n'a rien pris au labo pour le donner à Tariq. Cela, s'ajoutant à la lettre de Tariq, rend l'explication du courriel imparable.

— Dans ce cas, pourquoi ne veulent-ils pas l'admettre ? dis-je. Pourquoi ne l'ont-ils pas libéré ? On dirait qu'ils se fichent de savoir que papa est innocent. Ils vont le garder en prison juste pour ne pas avoir à avouer qu'ils se sont trompés.

J'ai envie de casser quelque chose, mais je me retiens : ce serait à mon tour d'avoir des ennuis, et cette fois pour une bonne raison. Maman n'a pas besoin de ça, en plus du reste.

— Détendez-vous ! nous conseille M. Bhanjee. Ils ne pourront pas garder Arman prisonnier bien longtemps.

La presse va continuer à réclamer ce rapport. Je le ferai moi aussi auprès du tribunal. Tôt ou tard, sous la pression, la vérité éclatera et l'État s'apercevra qu'il est plus embarrassant de poursuivre Arman sans preuve que de le relâcher. Plus on détient longtemps une personne accusée à tort, plus l'outrage public est grand.

Je hausse les épaules.

— Ah ouais ? Il suffit de traiter cette personne de terroriste, et tout le monde s'en fout.

— Sami ! s'exclame maman.

— C'est vrai, maman, et tu le sais parfaitement ! Surtout pour des gens comme nous.

Maman me serre la main à la broyer.

— C'est difficile, je sais. Mais ce n'est plus qu'une question de temps. J'ai placé une seconde hypothèque sur la maison. L'argent nous permettra de tenir jusqu'à ce que cette affaire soit résolue. Ne t'inquiète pas.

Je ne suis pas inquiet. Je suis furieux.

Pour éviter de penser à tout ça — et surtout parce que je n'ai pas le choix —, je retourne à l'école. Je suis de nouveau avec Andy et Marty à l'école secondaire de Meadowvale. Ça me met parfois un peu mal à l'aise, dans les couloirs, de voir les gens me dévisager. Mais, grâce à mes amis, je garde mon sang-froid. Après les cours, on va souvent chez Mister Softee. La municipalité a vidé la fontaine du petit parc pour l'hiver, mais on peut encore s'asseoir sur la margelle.

On déguste des glaces en partageant des secrets idiots. Celui qui concerne mon prénom, par exemple.

— Vous vous rappelez quand on s'est rencontrés, la première fois ? Je n'assumais tellement pas que je vous ai laissé croire que j'avais un nom anglais : Sammy, S-A-M-M-Y. Eh bien, en fait, c'est un prénom arabe : Sami, S-A-M-I.

— Tu parles d'un secret, s'esclaffe Andy. Tu crois qu'on n'a jamais vu la liste d'appel de la classe ?

Je me sens tellement bête que j'explose de rire. C'est bon de rire. Ça chasse toutes les pensées négatives, ne serait-ce que quelques secondes.

La glace de Marty coule sur ses doigts. Il les lèche.

— Ils veulent quoi, les types dans la BMW et la Hummer, là-bas ? demande-t-il.

Je suis son regard et mon ventre se contracte douloureusement. J'ai essayé d'oublier l'Académie, mais ça n'a pas suffi à la faire disparaître. Eddy-Trois n'a pas disparu non plus. Il est là, avec sa bande. Ils nous guettent.

— Vous vous rappelez les connards de l'Académie dont je vous ai parlé ?

Le cornet de Marty se désintègre et le reste de glace tombe sur le trottoir.

— Ne me dis pas qu'un de ces types est Eddy-Trois ?

— Bingo. Au volant de la BM.

— Qu'est-ce qu'ils veulent?

— Devine.

Andy se lève lentement. Il glisse nonchalamment une main dans son jean. Je suppose qu'il pêche les clés de la *Deathmobile*.

— On court?

Je secoue la tête.

— Courez si vous voulez. C'est après moi qu'ils en ont. Et moi, je ne cours plus. C'est terminé.

— Ils sont six.

— Ils seront toujours six.

Eddy s'aperçoit qu'on le regarde. Lui et ses sous-fifres sortent de leurs voitures et traversent la rue d'un pas chaloupé.

— Salut, bicot, je te cherchais! me crie Eddy. Tu te caches?

Silence.

— C'est pas parce que t'as été viré que t'es dispensé de me répondre.

Je m'avance d'un pas.

— Lâche-moi, Harrison.

— Sinon quoi? raille Eddy. Tu vas me pleurer sur l'épaule. J'étais sûr qu'on te trouverait ici. Mister Softee. C'est parfait.

Andy et Marty s'approchent. Je leur fais signe de reculer.

— C'est ta bande ? ricane Eddy.

Il lance un caillou dans ma direction, nonchalamment.

— Comment va ton papa ? Ça lui plaît, les douches, à la prison ? Tu devrais lui présenter ton pote Bernstein.

Les copains d'Eddy font des bruits de baisers.

— Tu ne dis rien ? me provoque Eddy. Tu chies dans tes culottes, hein ?

Il regarde Andy et Marty.

— Votre copine ne vous a jamais dit qu'elle s'était retrouvée la tête dans les toilettes ? Il a de la merde à la place du cerveau.

Ses potes rient. Et soudain je suis pris d'un drôle de fourmillement. Je me sens puissant... C'est difficile à décrire. Le truc étrange, c'est que je n'ai pas peur. Je ne suis pas furieux. En fait, je suis d'un calme effrayant.

— Ouais, Eddy, j'ai eu la tête dans les toilettes, dis-je. Mais ce n'est pas moi qui l'y ai mise. C'est toi. Seule la pire des ordures est capable de faire un truc pareil.

Je le fixe dans les yeux.

— Jusqu'à la fin de ta vie, tu te souviendras de ce jour-là. Tu sauras ce que tu m'as fait. Et tu sauras ce que ça fait de toi.

Eddy rejette la tête en arrière.

— Quoi ? Tu te crois supérieur à moi ? Tu t'es fait virer de l'Académie. Ton père, c'est Docteur-la-Mort. Tu traîneras toute ta vie ton nom pourri. Pour moi, c'est

réglé. Je vais intégrer la même université que mon pater-
nel. Ou entrer direct dans l'entreprise familiale.

— C'est ce que j'allais ajouter. Tu auras beau être de
plus en plus puissant, tu ne sauras jamais si c'est à toi que
tu le dois, ou à ton père. Ça doit faire mal. Je te plains,
Eddy.

— Quoi ? crache-t-il. Tu n'as pas à me plaindre.

Je hausse les épaules.

— C'est plus fort que moi.

— Ah ouais ? On va voir si tu me plains longtemps !
menace-t-il.

Le cercle de ses potes se referme sur moi. Il brandit
les poings. Je l'encourage.

— Vas-y, Eddy. Donne-moi la raclée de ma vie. Qu'est-ce
que ça prouvera ? Rien, sauf que j'ai raison sur ton compte.
Allez, vas-y ! Prouve-moi que j'ai raison.

Eddy hésite, comme s'il avait affaire à un fou. Il laisse
retomber les poings.

— Pauvre type ! dit-il. Venez, les gars ! Ces *losers* n'en
valent pas la peine.

Il retraverse la rue en nous gratifiant d'un doigt d'honneur. Puis sa bande et lui sautent dans leurs voitures et
démarrent en klaxonnant.

— Bonne chance, Eddy, dis-je dans un murmure. Tu vas
en avoir besoin.

36

Un vendredi, en fin d'après-midi, M. Bhanjee nous appelle de la prison :

— Ils relâchent Arman. Je le ramène chez vous.

Le FBI a préparé un bref discours d'excuses, comme pour l'homme de Portland accusé à tort d'être un membre d'Al-Qaida (une accusation fondée sur un quart d'empreinte digitale !). Les excuses sont agréables à entendre, mais tout ce qui m'intéresse, c'est papa.

Sa libération a été passée sous silence. « Pour le respect de la vie privée de la famille », prétendent les autorités.

— La véritable raison, nous explique M. Bhanjee, c'est que cela donne une mauvaise image de la justice. Les officiels attendent généralement le vendredi soir pour divulguer les infos embarrassantes. À ce moment-là, les bureaux ferment ou sont déjà fermés. La presse a du mal à recueillir les réactions des gens pour les infos du soir, et quasiment personne ne fait attention à ce qui se dit pendant le week-end. D'ici lundi, la Terre aura tourné, le monde sera passé à autre chose. S'il y a un évènement quelconque, ce sera dilué.

J'aimerais bien que la presse crie aussi haut et fort l'innocence des gens que leur présumée culpabilité. Mais je dois admettre que la dernière chose dont j'ai envie en ce moment, c'est d'avoir une caméra braquée sur moi.

La rue est plongée dans le silence quand papa arrive. Maman et moi restons derrière la baie vitrée, de peur de faire quoi que ce soit qui cause une scène. Papa sort de la voiture. M. Bhanjee attend qu'il soit arrivé devant la porte principale.

Papa a la démarche raide, comme s'il était gelé, comme si le plus petit mouvement risquait de briser ses articulations. Il referme la porte derrière lui.

Et soudain maman est à ses côtés. Elle le serre contre elle, lui caresse le dos. Ils se balancent ensemble en murmurant leurs prénoms. Maman s'écarte enfin.

— Ton fils, dit-elle.

Papa reste planté là, perdu.

Je fais un pas vers lui.

Il lève les bras pour me serrer contre lui, puis se détourne, honteux.

— Je n'ai jamais voulu te faire subir ça, dit-il.

— Je sais, papa.

— Je n'ai jamais voulu que ta mère ou toi l'appreniez.

— Je sais.

Sa voix se brise :

— Je voulais être un bon père. Un père parfait. Je voulais t'épargner mes erreurs. Mes faiblesses. Pardonne-moi.

— Papa. Tu es mon père. Je ne demande rien de plus.

Je me jette sur lui et je l'enlace avec fougue.

— Sami. Mon fils. Mon Sami.

Quand je ne suis pas à l'école, je ne m'éloigne guère de la maison. Papa prend un long congé avant de retourner au labo. Je veux être là s'il a besoin de moi. Il se porte bien pendant la journée, mais, la nuit, c'est difficile. Je laisse ma porte ouverte, afin de l'entendre s'il se lève après avoir fait un cauchemar. Alors, je monte m'asseoir avec lui dans la cuisine, pendant qu'il boit son lait chaud à la mélasse. Ce qu'il a vécu en prison, c'était dur. La réaction de ses anciens amis le fait souffrir aussi.

— On va s'en sortir, me dit-il, comme s'il parlait à un ami autant qu'à son fils. Les voisins étaient hostiles quand nous sommes arrivés ici. C'est passé. Ça revient. Mais ça ne durera pas. On est des Sabiri. On ne fuit pas.

Je suis heureux que papa soit mon père. Il est courageux. Tout bien considéré, on s'en sort bien. Pas comme la Fraternité. Plus d'un an s'écoule avant leur procès.

À la fin, Hasan et ses amis ne sont plus accusés de terrorisme. Mais, à cause des vidéos, ils sont condamnés pour des délits mineurs, comme la possession illégale d'armes à feu et le fait d'avoir proféré des menaces de mort. Ceux qui ont des visas périmés sont renvoyés dans leur pays ; d'autres, des immigrés officiels, se voient confisquer leur statut ; les derniers passent du temps en détention.

Tariq écope de plus gros. Quand il s'est rendu, il a été accusé des mêmes bricoles que ses amis, mais aussi de trouble à l'ordre public et d'obstacle à une enquête policière ; il prend six mois de plus. Sa petite amie et un ami, accusés d'avoir abrité un fugitif, ont un an de mise à l'épreuve.

Le plus capotant, c'est ce qui arrive à Erim Malik : rien. Absolument rien.

L'État ne revient jamais sur une promesse faite à un indicateur, de peur que ça dissuade ses semblables de parler. Alors, même si Malik est un danger public, il reste en liberté. Il sera surveillé, mais combien de temps ? Le magasin de photocopies de son oncle sera fermé, bien sûr, mais à qui ont profité tous les faux passeports qu'il a fabriqués avant que les flics lui mettent la main dessus ? Peut-être que certains servent à des clandestins inoffensifs, à des nounous ou à des ouvriers. Mais les autres ? Quand j'y pense, j'ai la chair de poule.

Nous sommes allés voir Tariq en prison. Maman est venue. Ça m'inquiétait un peu au départ, mais elle est d'une générosité sans limites.

– Il paraît que tu es mon beau-fils, lui a-t-elle dit en souriant.

On aurait dit qu'il avait toujours fait partie de la famille.

Tariq ne viendra jamais vivre près de nous, ni rien. Avec son casier judiciaire, je crois même qu'il ne pourrait pas entrer aux États-Unis. Mais j'aime bien savoir que j'ai un grand frère. Je suis tellement content qu'on se soit rencontrés.

Je rêve du jour où il sera libre.

Je me représente papa, maman et moi, louant un chalet près de Toronto. On invite Andy et Marty. On invite aussi Tariq. Je nous imagine en train de faire les cons autour d'un barbecue, de harceler papa pour qu'il pique une tête dans le lac. On regarde le soleil se coucher en riant et en parlant autour d'un feu de camp, jusqu'à ce que les parents regagnent leur chambre. Nous, on s'endort sur le sable.

C'est un rêve magnifique.

Et je suis sûr qu'il va se réaliser... Un jour.

Table des matières

Première partie 5

Chapitre 1 7

Chapitre 2 15

Chapitre 3 29

Chapitre 4 37

Chapitre 5 47

Chapitre 6 57

Chapitre 7 65

Deuxième partie 71

Chapitre 8 73

Chapitre 9 83

Chapitre 10 93

Chapitre 11 103

Chapitre 12 111

Chapitre 13 117

Chapitre 14 129

Chapitre 15 139

Chapitre 16 149

Chapitre 17 155

Troisième partie 161

Chapitre 18 163

Chapitre 19 175

Chapitre 20 185

Chapitre 21 195

Chapitre 22 207

Chapitre 23 215

Chapitre 24 223

Chapitre 25 233

Chapitre 26 239

Quatrième partie 251

Chapitre 27 253

Chapitre 28 267

Chapitre 29 275

Chapitre 30 285

Chapitre 31 295

Chapitre 32 305

Chapitre 33 317

Chapitre 34 325

Chapitre 35 335

Chapitre 36 343